瑞蘭國際

瑞蘭國際

快樂攜帶版!

絕對實用

旅遊法語

● 禮儀篇 ● 問路篇 ● 交通篇 ● 住宿篇
● 用餐篇 ● 購物篇 ● 機場篇 ● 困擾篇

符雯珊 著 · 繽紛外語編輯小組 總策劃

作者序

您是不是曾經有過背起行囊，去浪跡天涯的想法呢？

倘佯在異國的風光裡，所看到的、聽到的、聞到的、嘴中所吃的、手上所觸摸的，皆不同以往。原本因慣性而痲痺的感官，在陌生環境的刺激之下，一一甦醒。整個身體的細胞都活躍了起來，腳步變得輕盈，心卻沸騰了。沒錯！這些完全異於我們以往經驗的地方，正是旅遊迷人之處。讓多少人願意暫時告別一向熟悉安全的繭，奔向充滿未知的國度。

然而，想要讓這項經驗變成一份美好的回憶，詳細的準備與規劃是必要的：認識參訪的城市，安排停留路線、天數，預約旅館房間，搜集交通資訊等等。這些事前準備工作，都可以降低旅遊中的不便，減少慌亂的發生。儘管如此，旅遊期間，仍不免會遇到意料之外的事。這時會說幾句當地用語，可以幫助我們輕鬆解決問題，增加和當地人交流的機會。這本書正是基於這樣的目的孕育而成的。

本書針對旅遊中所可能遇到的狀況，分成「禮儀篇」、「問路篇」、「交通篇」、「住宿篇」、「用餐篇」、「購物篇」、「機場篇」及「困擾篇」等八個主題。書中的一〇四種對話情況，都是以最常使用的單字、最簡單的句型呈現，並且將法文繁瑣的文法問題，減至最低。對話之後，還有四個一組的單字或句子可代換，以擴大談話的範圍。除此之外，在每段會話中，都能找到法國觀光所須知道的小常識。期待可以藉此，不用長篇大論，就能讓讀者認識法國日常生活文化。

　　希望這本小書可以幫助到法國旅遊的朋友，輕鬆面對各種對話情況。更期盼它能夠讓一直徘徊在法語世界外的朋友，一窺究竟，進而減少對學習法語的恐懼感，與我們共同享受學習的快樂與成就感。

如何使用本書

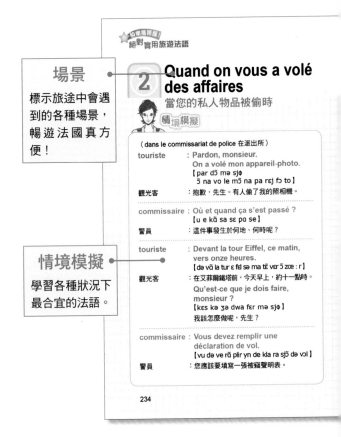

場景

標示旅途中會遇到的各種場景，暢遊法國真方便！

情境模擬

學習各種狀況下最合宜的法語。

Quand on vous a volé des affaires

2

當您的私人物品被偷時

情境模擬

（dans le commissariat de police 在派出所）

touriste	: Pardon, monsieur. On a volé mon appareil-photo. 【par dɔ̃ mə sjø ɔ̃ na vo le mɔ̃ na pa rɛj fo to】
觀光客	：抱歉，先生。有人偷了我的照相機。
commissaire	: Où et quand ça s'est passé ? 【u e kɑ̃ sa sɛ pa se】
警員	：這件事發生於何地、何時呢？
touriste	: Devant la tour Eiffel, ce matin, vers onze heures. 【də vɑ̃ la tur ɛ fɛl sə ma tɛ̃ vɛr ɔ̃ zœ : r】
觀光客	：在艾菲爾鐵塔前，今天早上，約十一點時。 Qu'est-ce que je dois faire, monsieur ? 【kɛs kə ʒə dwa fɛr mə sjø】 我該怎麼做呢，先生？
commissaire	: Vous devez remplir une déclaration de vol. 【vu də ve rɑ̃ plir yn de kla ra sjɔ̃ də vol】
警員	：您應該要填寫一張被竊聲明表。

234

MP3序號

特聘法籍人士專業錄音，二次播送，先慢速聽清楚發音，再學習正常速度的會話，學習最道地的法語！

(((MP3 96

🗼 您也可以這樣說

您也可以這樣說

同樣情境會應用上的單字、片語，一次補齊！

On a volé mon passeport.
【ɔ̃ na vɔ le mɔ̃ pas pɔr】
有人偷了我的護照。

On a volé mon appareil-photo.
【ɔ̃ na vɔ le mɔ̃ na pa rɛj fɔ to】
有人偷了我的照相機。

音標

全書法語皆附上音標，緊張時也開得了口，現場應用最便利！

On a volé mon sac.
【ɔ̃ na vɔ le mɔ̃ sak】
有人偷了我的皮包。

On a volé mon portefeuille.
【ɔ̃ na vɔ le mɔ̃ pɔrt fœj】
有人偷了我的皮夾。

困擾篇

235

目　次

106　第五單元 ◆ 用餐篇

200　第七單元　機場篇

228　第八單元　困擾篇

第一單元

禮儀篇

生活中不可忽視的小禮節

俗話說「入境隨俗」。當我們到了一個新的國度，在陌生的環境裡，即使面對原本再熟悉不過的情況，該說的話，該有的反應、態度，不見得都跟國內一模一樣。即使外語不十分流暢，該怎麼做才會不失禮，讓人依舊可以感受到我們的風度與教養呢？

很多人都認為西方人比較冷漠、自我。事實上，在日常生活中的某些細節上，法國人可比我們更彬彬有禮喔！比如說，在法國，當我們進入一家商店、在樓梯間或電梯裡頭，都會跟老闆、店員或照面的人道聲：「Bonjour！」（日安！）。在離開前，也會說句：「Au revoir.」（再見。）；甚至祝福他們「Bonne journée！」（祝您有個美好的一天！）。

當有人熱心幫助我們時，除了向他說：「Merci.」（謝謝。）之外，還可以加一句：「C'est gentil.」（這很窩心。）來表達自己的感謝之意。當我們要從一棟大樓推門出去時，如果此時後頭也有人要出去，這時我們必須用手將門擋著，不讓它闔起來，好讓後頭的人省事些。同樣地，當我們坐公車時，若是發現有人急著跑過來搭車時，我們可以先按住車內的開車門按鈕，這樣公車司機就會等待客人上車後再開走。這都是法國人一些貼心的舉動喔！

法式見面禮儀，該親幾下臉頰呢？

　　您或許已經知道法國人有親臉頰打招呼或道別的習慣。但是他們可不是跟任何人皆是如此。如果是跟不熟的人，其實只會握握手。若是跟熟人，男生跟男生之間，通常還是握手，男生跟女生或是女生之間則會親臉頰。但該親幾下呢？這則視地區而定。通常，巴黎人會親四下，即「左、右、左、右」。在西北地區和南部某些地方，則是親三下，即「左、右、左」。其它地區只要親二下就行了。至於從臉頰的哪一邊先開始，並不重要。事實上，法國人行這種稱為「faire la bise」的親臉頰之禮時，通常只是相互貼貼臉頰，邊在嘴中發出「唔、唔」的聲音而已，很少會真正用嘴巴碰觸到對方的臉頰。因此，不用擔心會有人假藉打招呼之名佔您的便宜。

Quand on entre dans un magasin

當我們進入一家商店時

touriste	:	Bonjour, monsieur.
		【bɔ̃ ʒuːr mə sjø】
觀光客	:	日安，先生。

le patron	:	Bonjour.
		【bɔ̃ ʒuːr】
老闆	:	日安。

您也可以這樣說！

bonjour
【bɔ̃ ʒu : r】
日安（適用於白晝的時間）

bonsoir
【bɔ̃ swa : r】
晚安（適用於天黑後）

madame
【ma dam】
女士，太太

mademoiselle
【mad mwa zɛl】
小姐

2 **Quand on sort du magasin**
當我們從商店出來時

情境模擬

touriste	: Merci. Au revoir.
	【mɛr si o rə vwar】
觀光客	: 謝謝。再見。

le patron	: Au revoir, mademoiselle.
	【o rə vwar mad mwa zɛl】
老闆	: 再見，小姐。

您也可以這樣說！

禮儀篇

À tout de suite.
【a tu də sɥit】
待會見。

À tout à l'heure.
【a tu ta lœ : r】
隨後見。

À plus tard.
【a ply tar】
晚點見。

À bientôt.
【a bjɛ̃ to】
改天見。

3 Dans l'ascenseur
在電梯內

情境模擬

touriste	:	Bonjour, monsieur.
		【bɔ̃ ʒu：r mə sjø】
觀光客	:	日安，先生。

l'homme	:	Bonjour, mademoiselle.
		【bɔ̃ ʒu：r mad mwa zɛl】
男士	:	日安，小姐。

touriste	:	Au revoir et bonne journée.
		【o rə vwar e bɔn ʒur ne】
觀光客	:	再見並祝您今天順心愉快。

l'homme	:	Merci, vous aussi.
		【mɛr si vu zo si】
男士	:	謝謝，您也是。

您也可以這樣說！

禮儀篇

Bonne matinée !

【bɔn ma ti ne】

（祝您）早上好！

Bon après-midi !

【bɔ̃ na prɛ mi di】

（祝您）下午好！

Bonne soirée !

【bɔn swa re】

（祝您）晚間愉快

Bonne nuit !

【bɔn nɥi】

（祝您）夜安！

Demander un service
4 要求幫忙

 情境模擬

touriste	: S'il vous plaît, monsieur ! 【sil vu plɛ mə sjø】
觀光客	: 麻煩您，先生！
l'homme	: Oui. 【wi】
男士	: 是。
touriste	: Pourriez-vous m'aider ? 【pu rje vu me de】
觀光客	: 您可以幫我忙嗎？
l'homme	: Oui, bien sûr. 【wi bjɛ̃ syr】
男士	: 好，當然可以。

您也可以這樣說！

Pourriez-vous me rendre un petit service ?

【pu rje vu mə rɑ̃ : dr œ̃ pə ti sɛr vis】

您可以幫我一個小忙嗎？

Pourriez-vous me donner un coup de main ?

【pu rje vu mə dɔ ne œ̃ ku də mɛ̃】

您可以助我一臂之力嗎？

Aidez-moi, s'il vous plaît !

【e de mwa sil vu plɛ】

幫我，麻煩您！

S'il vous plaît, j'ai besoin d'aide.

【sil vu plɛ ʒe bə zwɛ̃ ded】

麻煩您，我需要幫忙。

5 Remercier quelqu'un
感謝某人

情境模擬

touriste	: **Merci, monsieur.**【mɛr si mə sjø】
觀光客	：謝謝您，先生。
l'homme	: **Ce n'est rien.**【sə nɛ rjɛ̃】
男士	：這沒什麼。
touriste	: **C'est vraiment gentil de votre part.**【sɛ vrɛ mã ʒã ti də vɔtr par】
觀光客	：這真的是您讓人窩心的地方。
l'homme	: **Ce n'est pas grand-chose.**【sə nɛ pɑ grã ʃo : z】
男士	：這不是什麼大不了的事。

您也可以這樣說！

禮儀篇

De rien.
【də rjɛ̃】
沒什麼。

Pas de quoi.
【pɑ də kwa】
沒什麼。

Il n'y a pas de quoi.
【il ni a pɑ də kwa】
沒什麼。

Je vous en prie.
【ʒə vu zɑ̃ pri】
別客氣。

6 S'excuser
請求原諒

情境模擬

touriste	:	Pardon, monsieur.
		【par dɔ̃ mə sjø】
觀光客	:	抱歉，先生。

l'homme	:	Ce n'est pas grave.
		【sə nɛ pɑ grav】
男士	:	沒關係。

touriste	:	Je n'ai pas fait exprès.
		【ʒə ne pɑ fɛ ɛks prɛ】
觀光客	:	我不是故意的。

l'homme	:	Oui, je sais.
		【wi ʒə sɛ】
男士	:	是的，我知道。

 您也可以這樣說！

Excusez-moi !
【ɛks ky ze mwa】
對不起！

Je vous demande pardon.
【ʒə vu də mɑ̃d par dɔ̃】
我請您原諒。

Je vous demande de m'excuser.
【ʒə vu də mɑ̃d də mɛks ky ze】
我請您原諒我。

Pourriez-vous m'excuser ?
【pu rje vu mɛks ky ze】
您可以原諒我嗎？

第二單元

問路篇

觀光客不可不知的
「office du tourisme」(旅遊服務中心)

　　觀光業是法國經濟發展中重要的一環,因此在這方面的服務也頗為完善。無論城鄉大小,都設置有「office du tourisme」。這個機構是專門為觀光客而設立,提供旅遊方面的各種資訊與服務,並且有會說英文的服務人員。在那裡,除了可以索取到當地地圖、餐廳及旅館名單、觀光景點及藝文活動簡介外,也幫忙遊客預約餐廳、旅館房間、表演活動的門票與提供一日或半日遊的行程。但必須付一些費用。在大城市裡,通常有二到三個「office du tourisme」,分別設立在火車站和市中心。若是小城鎮,則設置在市中心。不過在某些只有夏日或冬季才有觀光客的地方,「office du tourisme」並非定期或全日提供服務。這點,要特別注意。在地圖上,「office du tourisme」是以一個小寫的書寫體「*i*」做為標記,很容易辨識喔!

迷路的青鳥,該找誰呢?

　　然而,即使再周密的準備,在旅遊途中,難免會

發生突發狀況：即使手中握著一張地圖，卻不知該往哪個方向走。或者，明明照著地圖指示走，卻陷入迷宮之中，怎麼走就是找不到目的地。這樣的經驗相信人人都曾經有過。此時，就免不了要開口說說法文，尋求當地人的幫忙了。大部份的法國人都還挺熱心助人，有的看到您在看地圖時，就會主動過來提供幫助，甚至還會自告奮勇地帶領您去呢！不過問路時，要注意的是要問對人。在一個每年有數百萬名觀光客湧進的國度裡，可不要看到一個白皮膚、高鼻子的人，就以為他一定是當地居民喔！因此當您迷路時，最好問店家、咖啡館服務生、警察或是白領族（從服裝上很好辨認），比較能夠得到正確的資訊。此外，問路時，別忘了借助地圖及手勢喔！這樣，即使法語不夠流暢，還是可以透過這二項的幫助，得知我們所要的信息。也不要忘了，在獲得別人幫助之後，要給對方一個感謝的微笑，並加上一句：「Merci beaucoup, c'est gentil.」（多謝了，這個舉動很窩心。）

① Demander le chemin (1)
問路（1）

情境模擬

touriste	:	**Pardon monsieur, où est le Louvre, s'il vous plaît ?**
		【par dɔ̃ mə sjø u ɛ lə lu : vr sil vu plɛ】
觀光客	:	抱歉，先生，請問羅浮宮在哪裡？

passant	:	Désolé, je ne sais pas.
		【de zɔ le ʒə nə sɛ pɑ】
男路人	:	抱歉，我不知道。
		Vous pouvez demander aux gens d'à côté.
		【vu pu ve də mɑ̃ de o ʒɑ̃ da kɔ te】
		您可以問旁邊的人。

touriste	:	**D'accord, merci. Au revoir.**
		【da kɔr mɛr si o rə vwar】
觀光客	:	好的，謝謝。再見。

您也可以這樣說！

禮儀篇

問路篇

住宿篇

用餐篇

購物篇

困擾篇

le musée d'Orsay
【lə my ze dɔr se】
奧塞美術館

le Centre Pompidou
【lə sã ː tr põ pi du】
龐畢度中心

l'Arc de Triomphe
【lark də tri ɔ̃ ː f】
凱旋門

la tour Eiffel
【la tu ː r ɛ fɛl】
艾菲爾鐵塔

2 Demander le chemin (2)
問路（2）

touriste	: **Pardon mademoiselle, où est le Louvre, s'il vous plaît ?**【par dɔ̃ mad mwa zɛl u ɛ lə lu : vr sil vu plɛ】
觀光客	：抱歉，小姐，請問羅浮宮在哪裡？
passante	: **Euh... c'est tout droit.**【φ sɛ tu drwa】
女路人	：嗯…直走。
touriste	: **Tout droit ? Merci beaucoup. Au revoir, mademoiselle.**【tu drwa mɛr si bo ku o rə vwar mad mwa zɛl】
觀光客	：直走？多謝。再見，小姐。
passante	: **De rien. Au revoir.**【də rjɛ̃ o rə vwar】
女路人	：別客氣，再見。

您也可以這樣說！

C'est à droite.
【sε ta drwat】
在右邊。

C'est à gauche.
【sε ta go : ʃ】
在左邊。

C'est en face.
【sε tã fas】
在對面。

C'est là-bas.
【sε la bɑ】
在那邊。

3 Demander le chemin (3)
問路（3）

touriste	: Pardon mademoiselle, Notre Dame de Paris, c'est encore loin ? 【par dɔ̃ mad mwa zɛl nɔtr dam də pa ri sɛ tɑ̃ kɔ : r lwɛ̃】
觀光客	：抱歉，小姐，請問巴黎聖母院還很遠嗎？
passante	: Non, c'est environ à cinq cents mètres d'ici. 【nɔ̃ sɛ tɑ̃ vi rɔ̃ a sɛ̃ sɑ̃ mɛtr di si】
女路人	：不會，離這裡約五百公尺。
touriste	: Ah, ça va alors. Merci. 【ɑ sa va a lɔ : r mɛr si】
觀光客	：啊，那還好。謝謝。
passante	: Je vous en prie. 【ʒə vu zɑ̃ pri】
女路人	：別客氣。

您也可以這樣說！

environ
【ã vi rɔ̃】
大約

un kilomètre
【œ̃ ki lo mɛtr】
一公里

C'est à un kilomètre d'ici.
【sɛ ta œ̃ ki lo mɛtr di si】
離這裡一公里。

Il faut une demi-heure de trajet.
【il fo tyn də mi œ : r də tra ʒɛ】
必須要半小時的路程。

4 Demander où est l'entrée
詢問入口在哪裡

touriste	: Pardon, madame. Où est l'entrée, s'il vous plaît ? 【par dɔ̃ ma dam u ɛ lã tre sil vu plɛ】
觀光客	：抱歉，女士。請問入口在哪裡？
passante	: C'est la porte d'à côté. 【sɛ la pɔrt da kɔ te】
女路人	：就是旁邊那扇門。
touriste	: Ah oui, je vois. Merci. 【ɑ wi ʒə vwa mɛr si】
觀光客	：啊，是的，我看到了。謝謝。
passante	: De rien. 【də rjɛ̃】
女路人	：謝謝。

您也可以這樣說！

Où est la sortie ?

【u ε la sor ti】

出口在哪裡？

Où est l'accueil ?

【u ε la kœj】

服務處在哪裡？

Où est le guichet ?

【u ε lə gi ʃε】

賣票窗口在哪裡？

Où est la consigne ?

【u ε la kõ siɲ】

行李寄放處在哪裡？

5 Demander où est la station de métro
詢問地鐵站在哪裡

touriste :	**Pardon, il y a une station de métro près d'ici ?** 【par dɔ̃ i li a yn sta sjɔ̃ də me tro prɛ di si】
觀光客 :	抱歉，這附近有地鐵站嗎？
passant :	**Oui, vous allez tout droit, puis vous tournez à gauche.** 【wi vu za le tu drwa pɥi vu tur ne za go : ʃ】
男路人 :	有的，您直走，然後左轉。
	Il faut environ dix minutes de trajet. 【il fo tɑ̃ vi rɔ̃ di mi nyt də tra ʒɛ】 約要十分鐘的路程。
touriste :	**Ça va, ce n'est pas très loin.** 【sa va sə nɛ pɑ trɛ lwɛ̃】
觀光客 :	那還好，並不會太遠。

您也可以這樣說！

Vous tournez à droite.
【vu tur ne za drwat】
您右轉。

C'est tout près.
【sɛ tu prɛ】
非常近。

C'est très loin.
【sɛ trɛ lwɛ̃】
非常遠。

Ce n'est pas à côté.
【sə nɛ pɑ za ko te】
並非就在附近。

6 Demander où est la gare
詢問火車站在哪裡

touriste	: **Pardon, la gare de Lyon, c'est encore loin ?** 【par dɔ̃ la gar də ljɔ̃ sɛ tɑ̃ kɔ : r lwɛ̃】
觀光客	：抱歉，請問火車站還很遠嗎？
passante	: **Euh... ce n'est pas à côté.** 【ø sə nɛ pɑ za ko te】
女路人	：嗯…並非就在附近。
	Vous y allez à pied ou en métro ? 【vu zi a le a pjɛ u ɑ̃ me tro】
	您走路去還是坐地鐵去？
touriste	: **À pied.** 【a pjɛ】
觀光客	：走路。
passante	: **Vous tournez à gauche, puis vous allez toujours tout droit.** 【vu tur ne za go : ʃ pɥi vu za le tu ʒur tu drwa】
女路人	：您左轉，然後一直直走。

您也可以這樣說！

禮儀篇

問路篇

住宿篇

用餐篇

購物篇

困擾篇

en bus
【ã bys】
坐公車

en train
【ã trɛ̃】
坐火車

en taxi
【ã tak si】
坐計程車

en vélo
【ã ve lo】
騎腳踏車

7 Demander où est l'office du tourisme
詢問旅遊服務中心在哪裡

touriste	: S'il vous plaît, monsieur. Où est l'office du tourisme ? 【sil vu plɛ mə sjɸ u ɛ lɔ fis dy tu rism】
觀光客	: 麻煩您，先生。請問旅遊服務中心在哪裡？
passant	: Vous êtes en vélo ? 【vu zɛ tã ve lo】
男路人	: 您騎腳踏車去嗎？
touriste	: Oui. 【wi】
觀光客	: 是的。
passant	: Vous traversez le pont, puis vous tournez à droite. C'est là. 【vu tra vɛr se lə pɔ̃ pɥi vu tur ne za drwat sɛ la】
男路人	: 您穿越過橋，然後右轉。就在那裡。
touriste	: Merci bien. 【mɛr si bjɛ̃】
觀光客	: 多謝。

您也可以這樣說！

Vous traversez la rue.
【vu tra vɛr se la ry】
您穿越過馬路。

Vous traversez la place.
【vu tra vɛr se la plas】
您穿越過廣場。

Vous traversez la passerelle.
【vu tra vɛr se la pas rɛl】
您穿越過天橋。

Vous traversez les feux tricolors.
【vu tra vɛr se le fø tri kɔ lɔ : r】
您穿越過紅綠燈。

8 Demander où sont les toilettes
詢問廁所在哪裡

情境模擬

touriste	: Pardon, madame. Il y a des toilettes par ici ? 【par dɔ̃ ma dam i li a de twa lɛt par i si】
觀光客	: 抱歉，女士。請問這附近有廁所嗎？
passante	: Oui, c'est juste dans la rue en bas. 【wi sɛ ʒyst dɑ̃ la ry ɑ̃ bɑ】
女路人	: 有的，就在這條路下去一點。
touriste	: C'est payant ? 【sɛ pɛ jɑ̃】
觀光客	: 要付費的嗎？
passante	: Non, c'est gratuit. 【nɔ̃ sɛ gra tɥi】
女路人	: 不，免費的。

您也可以這樣說！

les toilettes publiques
【le twa lɛt pyb lik】
公共廁所

un parking
【œ̃ par kiŋ】
停車場

un camping
【œ̃ kɑ̃ piŋ】
露營區

une cabine de téléphone
【yn ka bin də te le fɔn】
電話亭

第三單元

交通篇

高速快感的保證－子彈列車「TGV」

相信您一定聽過法國有名的子彈列車「TGV」：銀色的車身，在藍天綠地之下，雖以時速三百公里的速度往前奔馳，卻平穩、安靜。車廂內旅客安靜地看書、休憩、看窗外風景或玩填字遊戲，原本漫長枯燥的旅程似乎成為一件輕鬆愉快的事。這樣一派祥和的景象，是不是令人嚮往，也躍躍欲試呢？想要有這樣的經驗，其實很簡單。現在法國鐵路局（SNCF）提供網路上訂票、付款的服務。只要選好行程、出發日期及時間，用金融卡在網路上付費之後，再將車票用印表機列印出來即可，是不是很方便呢？而且如果是電子車票，就不需要在搭車前先將車票打印。遇到查票時，只要出示電子車票就行了。不像用一般傳統車票，若是在上車前忘了用月台前的打印機先打印，可是要罰錢的！

儘管搭乘子彈列車有許多便利之處，但是若遇到鐵路局人員大罷工，一整天下來，可能只有六、七班正常行駛，那可真是令人為之氣結！所以在訂票以前，最好先注意一下新聞，有無罷工的消息，免得嚮往已久的浪漫旅遊，成為一段不愉快的回憶。

巴黎處處「行」得通

　　您看過巴黎地鐵圖（métro）嗎？有沒有讓密密麻麻、五顏六色的路線圖弄得眼花撩亂呢？其實在巴黎搭乘地鐵，不但方便，而且迅速。不管想到巴黎哪個角落，幾乎只要一至三班地鐵就可以到達，無須再轉換公車。已有百年歷史的巴黎地鐵，共有十四條路線，以數目字一、二、三……做為區別，在地鐵地圖上會用不同的顏色顯示，以方便辨認。另外還有五條，用A、B、C、D、E做為代號，通往郊外的快車（RER）。不管是地鐵、公車、電車或郊外快車都是使用同一種車票。在一個小時之內，可以自由轉換，但不可來回使用同一張車票。

　　在交通上，整個巴黎由內而外，分成三區（trois zones）。在第一區內旅遊，票價最便宜。愈往外圍走，票價就愈高。此外，也有專門為觀光客設計一日遊到五日遊的車票，如Paris visite，一張票就可搭乘巴黎市內的各種交通工具。至於l'Open Tour是一種帶領遊客到巴黎各大景點的觀光巴士，有一日遊及二日遊二種票價，可以在特定的觀光景點自由上下車。

1 Acheter un ticket de transport
買車票

情境模擬

touriste	: **Bonjour, monsieur.** **Un ticket, s'il vous plaît.** 【bɔ̃ ʒu : r mə sjø œ̃ ti kɛ sil vu plɛ】
觀光客	: 日安，先生。 一張車票，麻煩您。

guichetier	: **Oui, un euro soixante,** **s'il vous plaît.** 【wi œ̃ nø ro swa sɑ̃t sil vu plɛ】
男窗口人員	: 是的，一歐元六十分錢，麻煩您。

touriste	: **Voilà.** 【vwa la】
觀光客	: （錢）在這裡。

guichetier	: **Merci, voici le ticket.** 【mɛr si vwa si lə ti kɛ】
男窗口人員	: 謝謝，這是車票。

您也可以這樣說！

un carnet de dix tickets

【œ̃ kar nɛ də di ti kɛ】

一本十張的車票

un ticket Parisvisite

【œ̃ ti kɛ pa ri vi zit】

參觀巴黎的地鐵、公車等共用車票
（分成一日遊、二日遊、三日遊及五日遊）

un ticket Open Tour

【œ̃ ti kɛ o pɛn tur】

參觀巴黎的雙層公車車票
（分成一日遊與二日遊）

un ticket combiné

【œ̃ ti kɛ kɔ̃ bi ne】

巴黎公共交通工具和某些展覽門票結合的連票

2 Demander un ticket de transport à tarif réduit

買折扣票

| touriste | : S'il vous plaît, monsieur !
Il y a une réduction pour les enfants ?
【sil vu plɛ mə sjø
i li a yn re dyk sjõ pur le zã fã】 |
| 觀光客 | : 麻煩您，先生！
小孩子有折扣嗎？ |

guichetier	: Pour les enfants de moins de dix ans, oui. 【pur le zã fã də mwɛ̃ də di zã wi】
男窗口人員	: 未滿十歲的小孩，有。
	Mais il faut acheter un carnet de dix tickets. 【mɛ il fo aʃ te œ̃ kar nɛ də di ti kɛ】 可是要買一本十張的車票（才有折扣）。

| touriste | : C'est combien, un carnet ?
【sɛ kõ bjɛ̃ œ̃ kar nɛ】 |
| 觀光客 | : 多少錢，一本？ |

| guichetier | : C'est cinq euros quatre-vingts,
cinquante pour cent de moins.
【sɛ sɛ̃ kø ro katr vɛ̃
sɛ̃ kãt pur sã də mwɛ̃】 |
| 男窗口人員 | : 是五歐元八十分錢，比原價少百分之五十。 |

您也可以這樣說！

un ticket à plein tarif
【œ̃ ti kɛ a plɛ̃ ta rif】
全票

un ticket à tarif réduit
【œ̃ ti kɛ a ta rif re dɥi】
折扣票

un ticket à demi tarif
【œ̃ ti kɛ a də mi ta rif】
半票

un ticket à tarif spécial
【œ̃ ti kɛ a ta rif spe sjal】
特價票

3 Demander le prix du ticket touriste

詢問觀光旅遊票票價

touriste	: Pardon, monsieur. Un ticket Open Tour, c'est combien ? 【par dɔ̃ mə sjø œ̃ ti kɛ o pɛn tur sɛ kɔ̃ bjɛ̃】
觀光客	：抱歉，先生。 一張OpenTour的車票，多少錢？
guichetier	: Pour combien de jours ? 【pur kɔ̃ bjɛ̃ də ʒur】
男窗口人員	：幾日遊的？
touriste	: Pour un jour. 【pur œ̃ ʒur】
觀光客	：一日遊的。
guichetier	: C'est vingt-neuf euros. 【sɛ vɛ̃ nœ vø ro】
男窗口人員	：二十九歐元。

您也可以這樣說！

un ticket pour un jour
【œ̃ ti kɛ pur œ̃ ʒur】
一日遊車票

un ticket pour deux jours
【œ̃ ti kɛ pur dφ ʒur】
二日遊車票

un ticket pour trois jours
【œ̃ ti kɛ pur trwa ʒur】
三日遊車票

un ticket pour cinq jours
【œ̃ ti kɛ pur sɛ̃ ʒur】
五日遊車票

4 Demander l'horaire d'une ligne de métro

詢問地鐵發車時刻

touriste	: Pardon, monsieur. L'horaire de la ligne un, s'il vous plaît ?
	【par dɔ̃ mə sjø lɔ rɛr də la liɲ œ̃ sil vu plɛ】
觀光客	: 抱歉，先生。 一號線（地鐵發車）的時刻，麻煩您。

---

guichetier	: La ligne un...oui, dans quelle direction ?
	【la liɲ œ̃ wi dɑ̃ kɛl di rɛk sjɔ̃】
男窗口人員	: 一號線…是的，往哪一個方向？

---

touriste	: En direction du château de Vincennes.
	【ɑ̃ di rɛk sjɔ̃ dy ʃa to də vɛ̃ sɛn】
觀光客	: 往Vincennes城堡的方向。

---

guichetier	: Le premier métro part à cinq heures cinquante et une.
	【lə prə mje me tro par a sɛ̃ kœ : r sɛ̃ kɑ̃ te yn】
男窗口人員	: 第一班五點五十一分開出。
	Et le dernier part à une heure six du matin.
	【e lə dɛr nje par a y nœ : r sis dy ma tɛ̃】
	最後一班清晨一點六分開出。

 您也可以這樣說！

le point de départ de la ligne un
【lə pwɛ̃ də de par də la liɲ œ̃】

一號線（地鐵）的起站

le terminus de la ligne un
【lə tɛr mi nys də la liɲ œ̃】

一號線（地鐵）的終點站

la fréquence de la ligne un
【la fre kɑ̃s də la liɲ œ̃】

一號線（地鐵）的發車時距

les arrêts de la ligne un
【le za rɛ də la liɲ œ̃】

一號線（地鐵）的停靠站

5 Demander comment aller à sa destination
詢問如何到達目的地

(dans le métro 在地鐵車廂內)

touriste : **Pardon, pour aller au Louvre, s'il vous plaît ?**
【par dɔ̃ pur a le o lu : vr sil vu plɛ】

觀光客 ：抱歉，請問如何去羅浮宮？

---

passant : Vous prenez la ligne un, en direction de la Défense,
【vu prə ne la liɲ œ̃ ã di rɛk sjɔ̃ də la de fãs】

男路人 ：您要搭一號線，往la Défense的方向，

et vous descendez à la station Musée du Louvre.
【e vu dɛ sã de a la sta sjɔ̃ my ze dy lu : vr】

然後您在羅浮宮站下車。

---

touriste : **Il y a combien d'arrêts ?**
【i li a kɔ̃ bjɛ̃ da rɛ】

觀光客 ：有多少站呢？

---

passant : Trois arrêts, je crois.
【trwa za rɛ ʒə krwa】

男路人 ：三站，我想。

您也可以這樣說！

Vous prenez la ligne deux.

【vu prə ne la liɲ dø】

您搭二號線。

Vous prenez la correspondance la ligne trois.

【vu prə ne la kɔ rɛs põ dã : s la liɲ trwa】

您換三號線。

Vous descendez à la station Opéra.

【vu dɛ sã de a la sta sjõ ɔ pe ra】

您在歌劇院站下車。

Vous vous arrêtez à la station les Halles.

【vu vu za rɛ te a la sta sjõ le al】

您在les Halles站下車。

Demander le nom de l'arrêt où on doit descendre

詢問該在哪一站下車

情境模擬

(dans le métro 在地鐵車廂內)

touriste : Pardon, monsieur. La station Musée du Louvre, c'est ici ?
【par dɔ̃ mə sjø la sta sjɔ̃ my ze dy lu : vr sɛ ti si】

觀光客 : 抱歉，先生。羅浮宮站，是這裡嗎？

- -

passager : Non, non, c'est l'arrêt prochain.
【nɔ̃ nɔ̃ sɛ la rɛ prɔ ʃɛ̃】

男旅客 : 不是，不是，是下一站。

- -

touriste : Ah, d'accord. Merci.
【a da kɔr mɛr si】

觀光客 : 啊，好的。謝謝。

- -

passager : Je vous en prie.
【ʒə vu zɑ̃ pri】

男旅客 : 別客氣。

您也可以這樣說！

Vous l'avez dépassé.
【vu la ve de pa se】
您坐過站了。

Il y a encore deux arrêts.
【i li a ã kɔ : r dφ za rɛ】
還有二站。

Mais cette ligne ne passe pas la station Musée du Louvre.
【mɛ sɛt liɲ nə pas pa la sta sjɔ̃ my ze dy lu : vr】
可是這條線不經過羅浮宮站。

Vous vous trompez de ligne.
【vu vu trɔ̃ pe də liɲ】
您坐錯路線了。

7 Rencontrer le contrôleur
遇到查票員

（dans le métro在地鐵車廂內）

contrôleur : **Bonjour, messieurs-dames. Montrez votre ticket, s'il vous plaît !**
【bɔ̃ ʒu : r me sjø dam mɔ̃ tre vɔtr ti kɛ sil vu plɛ】

男查票員 ： 日安，先生-女士們。拿出您的票，麻煩您！

touriste à un passager : Pardon monsieur, qui est-ce ?
【par dɔ̃ mə sjø ki ɛs】

觀光客問一名旅客 ：抱歉，先生，這是誰呀？

passager : **C'est le contrôleur.**
Il contrôle le ticket.
【sɛ lə kɔ̃ tro lœ : r il kɔ̃ trol lə ti kɛ】

男旅客 ： 是查票員。他要查車票。

touriste **Ah bon, et si on n'a pas de ticket ?**
【ɑ bɔ̃ e si ɔ̃ na pɑ də ti kɛ】

觀光客 ：啊，是嗎，如果有人沒票呢？

passager : **Eh bien, il faut payer une amande.**
【ɛ bjɛ̃ il fo pɛ je y na mɑ̃d】

男旅客 ： 那麼，就必須要付罰款。

您也可以這樣說！

un contrôleur, une contrôleuse
【ɛ̃ kɔ̃ tro lœ : r, yn kɔ̃ tro løz】
男查票員，女查票員

un guichetier, une guichetière
【ɛ̃ giʃ tje, yn giʃ tjɛ : r】
男窗口人員，女窗口人員

un chauffeur, une chauffeuse
【ɛ̃ ʃo fœ : r, yn ʃo føz】
男司機，女司機

un passager, une passagère
【ɛ̃ pa sa ʒe, yn pa sa ʒɛ : r】
男旅客，女旅客

8 **Demander un renseignement**
詢問行車資訊

touriste	: Pardon, monsieur. Aujourd'hui, il n'y a pas de métro ? 【par dɔ̃ mə sjø o ʒur dɥi il ni a pɑ də me tro】
觀光客	: 抱歉，先生。今天，沒有地鐵嗎？

passant	: Ben non, il y a une grève. 【bɛ̃ nɔ̃ i li a yn grɛv】
男路人	: 嗯，沒有，有罷工。

touriste	: Ah bon, et le bus ? 【ɑ bɔ̃ e lə bys】
觀光客	: 啊，是嗎，那公車呢？

passant	: Le bus fonctionne normalement. 【lə bys fɔ̃k sjɔn nɔr mal mɑ̃】
男路人	: 公車正常發車。

您也可以這樣說！

Il y a une panne.
【i li a yn pan】
有故障。

Il y a un problème technique.
【i li a œ̃ prɔ blɛm tɛk nik】
有技術方面的問題。

Il y a un accident sur la route.
【i li a œ̃ na si dɑ̃ syr la rut】
在路上有意外事故。

Il y a un incident.
【i li a œ̃ nɛ̃ si dɑ̃】
有一件意外小插曲。

9 Demander un billet de train
買火車票

touriste	: **Bonjour, madame. Un billet pour Lyon, s'il vous plaît ?** 【bɔ̃ ʒu : r ma dam œ̃ bjɛ pur ljɔ̃ sil vu plɛ】
觀光客	: 日安，女士。 一張往里昂的車票，麻煩您。
guichetière	: **Un aller simple ?** 【œ̃ na le sɛ̃pl】
女窗口人員	: 一張單程票嗎？
touriste	: **Non, un aller-retour.** 【ɔ̃ œ̃ na le rə tur】
觀光客	: 不，一張去回票。
guichetière	: **En quelle classe ?** 【ɑ̃ kɛl klas】
女窗口人員	: 哪一種車廂？
touriste	: **En seconde, s'il vous plaît.** 【ɑ̃ sə kɔ̃d sil vu plɛ】
觀光客	: 次等車廂，麻煩您。

您也可以這樣說！

un billet aller-simple

【œ̃ bjɛ a le sɛ̃pl】

一張單程票

un billet aller-retour

【œ̃ bjɛ a le rə tur】

一張去回票

en première classe

【ɑ̃ prə mjɛr klas】

頭等車廂

en seconde classe

【ɑ̃ sə kɔ̃d klas】

次等車廂

交通篇

10 Dire la date du départ
說明出發日期

guichetière	: **Vous voulez partir à quelle date ?**【vu vu le par tir a kɛl dat】
女窗口人員	: 您想要哪一天出發？
touriste	: Je pars le deux décembre.【ʒə par lə dø de sãbr】
觀光客	: 我十二月二號出發。
guichetière	: **À quelle heure ?**【a kɛ lœ : r】
女窗口人員	: 幾點鐘呢？
touriste	: À dix heures.【a di zœ : r】
觀光客	: 十點鐘。

您也可以這樣說！

Vous voulez partir à quelle date ?

【vu vu le par tir a kɛl dat】

您想要哪一天出發？

Je pars le trois janvier.

【ʒə par lə trwa ʒɑ̃ vje】

我一月三號出發。

Vous voulez partir à quelle heure ?

【vu vu le par tir a kɛ lœ : r】

您想要幾點出發？

Je pars à trois heures.

【ʒə par a trwa zœ : r】

我三點出發。

交通篇

Dire la date du retour
11 說明回程日期

guichetière	:	**Pour le retour ?** 【pur lə rə tur】
女窗口人員	:	那回程呢？
tourist	:	Le dix décembre, il y a un train le matin ? 【lə di de sãbr i li a œ̃ trɛ̃ lə ma tɛ̃】
觀光客	:	十二月十號，早上有火車嗎？
guichetière	:	**Bien sûr, il y a un train à neuf heures dix et à onze heures trente.** 【bjɛ̃ sy : r i li a œ̃ trɛ̃ a nœ vœ : r dis e a ɔ̃ zœ : r trãt】
女窗口人員	:	當然囉， 九點十分和十一點三十分各有一班。
tourist	:	Euh, je prends le trains de neuf heures dix. 【ø ʒə prã lə trɛ̃ də nœ vœ : r dis】
觀光客	:	嗯，那我搭九點十分那一班。
guichetière	:	**Le dix décembre, à neuf heures dix, d'accord.** 【lə di de sãbr a nœ vœ : r dis da kɔr】
女窗口人員	:	十二月十號，九點十分，好的。

您也可以這樣說！

Il y a un train le matin ?
【i li a œ̃ trɛ̃ lə ma tɛ̃】
早上有火車嗎？

Il y a un train l'après-midi ?
【i li a œ̃ trɛ̃ la prɛ mi di】
下午有火車嗎？

Il y a un train le soir ?
【i li a œ̃ trɛ̃ lə swar】
晚上有火車嗎？

Il y a un train dans la nuit ?
【i li a œ̃ trɛ̃ dɑ̃ la nɥi】
深夜有火車嗎？

12 Demander une place près de la fenêtre
要求靠窗的位置

touriste	: Il est possible d'avoir une place près de la fenêtre ? 【i lɛ pɔ sibl da war yn plas prɛ də la fə nɛtr】
觀光客	: 有可能可以有個靠窗的位置嗎？
guichetière	: Je vais voir. 【ʒə vɛ vwar】
女窗口人員	: 我要看看。
	Désolée, il ne reste que les places près du couloir. 【de zɔ le il nə rɛst kə le plas prɛ dy ku lwar】
	抱歉，只剩下靠走道的位置。
touriste	: Ben, tant pis. Ce n'est pas grave. 【bɛ̃ tã pi sə nɛ pɑ grav】
觀光客	: 好吧，那就算了。沒關係。

074

您也可以這樣說！

Il est possible d'avoir une place près du couloir ?

【i lɛ pɔ sibl da war yn plas prɛ dy ku lwar】

有可能可以有個靠走道的位置嗎？

Il est possible d'avoir une réduction ?

【i lɛ pɔ sibl da war yn re dyk sjɔ̃】

有可能可以有折扣嗎？

Il ne reste qu'une place.

【il nə rɛst kyn plas】

只剩下一個位置。

C'est la dernière place.

【sɛ la dɛr njɛr plas】

這是最後一個位置。

13 Demander le prix du billet de train

詢問火車票價格

情境模擬

touriste	: C'est combien ?
	【sε kɔ̃ bjɛ̃】
觀光客	: 要多少錢呢？

guichetière	: Cent soixante euros, s'il vous plaît.
	【sɑ̃ swa sɑ̃ tɸ ro sil vu plɛ】
女窗口人員	: 一百六十歐元，麻煩您。

touriste	: Je peux payer par carte de crédit ?
	【ʒə pɸ pe je par kart də kre di】
觀光客	: 我可以用金融卡付嗎？

guichetière	: Bien sûr, composez votre code, s'il vous plaît.
	【bjɛ̃ sy : r kɔ̃ pɔ ze vɔtʀ kɔd sil vu plɛ】
女窗口人員	: 當然囉，請按您的密碼。

Je peux payer en espèces ?
【ʒə pø pe je ã nɛs pɛs】
我可以用現金付嗎？

Je peux payer par chèque ?
【ʒə pø pe je par ʃɛk】
我可以用支票付嗎？

Composez votre code,
s'il vous plaît.
【kɔ̃ pɔ ze vɔtr kɔd sil vu plɛ】
請按您的密碼。

Votre signature, s'il vous plaît.
【vɔtr si ɲa tyr sil vu plɛ】
請簽名。

14 Demander de changer la date du retour

要求改回程日期

 情境模擬

touriste	: Madame, je voudrais changer la date de mon retour, s'il vous plaît.【ma dam ʒə vu drɛ ʃɑ̃ ʒe la dat də mɔ̃ rə tur sil vu plɛ】
觀光客	：女士，我想要改出發日期，麻煩您。
guichetière	: Pas de problème. Votre billet, s'il vous plaît.【pa də prɔ blɛm vɔtr bjɛ sil vu plɛ】
女窗口人員	：沒問題。您的車票呢，麻煩您。
	Vous voulez rentrer quand ?【vu vu le rɑ̃ tre kɑ̃】
	您想要什麼時候回來？
touriste	: Le douze décembre, toujours à la même heure.【lə duz de sɑ̃br tu ʒur a la mɛ mœ : r】
觀光客	：十二月十號，還是一樣的時間。
guichetière	: Voilà, c'est fait.【vwa la sɛ fɛ】
女窗口人員	：這就是（新車票），已經弄好了。

您也可以這樣說！

Pas de problème.
【pɑ də prɔ blɛm】
沒問題。

Aucun problème.
【o kɛ̃ prɔ blɛm】
沒任何問題。

Pas de souci.
【pɑ də su si】
別擔心。

Aucun souci.
【o kɛ̃ su si】
完全不用擔心。

交通篇

15 Demander un remboursement

要求退費

touriste	:	Madame, je voudrais annuler mon voyage. 【ma dam ʒə vu drɛ a nu le mɔ̃ vwa jaʒ】
觀光客	:	女士，我要取消我的行程。
		Est-ce que mon billet sera remboursé ? 【ɛs kə mɔ̃ bjɛ sə ra rɑ̃ bur se】
		我的車票可以退費嗎？

| guichetière | : | Oui, mais il faut annuler le voyage avant le départ.
【wi mɛ il fo ta nu le lə vwa jaʒ a vɑ̃ lə de par】 |
| 女窗口人員 | : | 可以，但是要在出發前取消。 |

| touriste | : | Je serai remboursé totalement ?
【ʒə sə re rɑ̃ bur se to tal mɑ̃】 |
| 觀光客 | : | 會全額退費給我嗎？ |

| guichetière | : | Oui, totalemement.
【wi to tal mɑ̃】 |
| 女窗口人員 | : | 會，全額（退）。 |

您也可以這樣說！

Je voudrais changer la date de mon départ.

【ʒə vu drɛ ʃɑ̃ ʒe la dat də mɔ̃ de par】

我想要改出發日期。

Je voudrais changer l'horaire de mon départ.

【ʒə vu drɛ ʃɑ̃ ʒe lɔ rɛr də mɔ̃ de par】

我想要改出發時間。

Vous avez un remboursement total.

【vu za ve œ̃ rɑ̃ burs mɑ̃ to tal】

您可以有全額退費。

Vous avez un remboursement partiel.

【vu za ve œ̃ rɑ̃ burs mɑ̃ par sj ɛl】

您可以有部份退費。

交通篇

081

第四單元

住宿篇

住宿小常識

　　對觀光客來說，旅遊中最令人煩心的事，莫過於找住宿的地方了。幸好網路的發達，減少了這方面的困擾。然而，如果對法國風土沒有一點認識的話，想要找到一個環境優美、交通便利又花費不高的住宿地方，可不是那麼容易。在法國找旅館，可以參考「office du tourisme」（旅遊服務中心）所提供的旅館名單。因為即使只是一顆星，甚至沒有星的旅館，都還是有一定的品質，至少乾淨、安全。不過在舊式的小型旅館，不是每一間房間都有衛浴設備。最簡單、便宜的房間類型只有一個洗手檯。想要上廁所或洗澡，得到同樓層的共用浴室。再好一點的房間才有淋浴設備或浴缸。在南部，因為乾旱常缺水，要用某些旅館的共用浴室洗澡，還要另外收費呢！

　　通常法國旅館住宿的費用，是不含早餐的。所以最好事先詢問早餐價錢和餐點內容，再決定是否在旅館內用餐。不過，若是要在同一家旅館住滿七天，通常都可以要求折扣喔！

不想住傳統旅館？
別擔心，您還有其他選擇呢！

除了傳統旅館外，如果停留的天數多一點，還可以選擇公寓型旅館。因為有廚具設備，可以自行料理三餐，既方便又經濟。若租車到鄉間旅遊，可以考慮在農家過夜。一方面可以認識農民生活，又可以享用他們用自己耕種或飼養的食材，以傳統的烹調方式，呈現在飯桌上。他們也會帶領您去認識週遭的環境，這也是種不可多得的經驗呢！法國某些修道院也接受旅客在院內過夜，不管對方是教徒與否。只不過修道院位置通常較偏遠，交通不便。如果自己有交通工具倒是可以考慮，因為房間乾淨，價錢又低廉。有些朋友喜歡住青年旅社（auberge de la jeunesse）。其實青年旅社固然便宜，但是位於市區的不多，又很難有空位。位於郊外的交通不便，光是花在等公車及往返的時間上就可能用掉三、四個小時。可能省了小錢，卻浪費掉了觀光的時間。

不管選擇哪一種住宿類型，若是在旅遊旺季，最好能提早預約，尤其是在科西嘉島（la Corse），通常在半年前，旅館房間就被預約一空呢！

1 Demander une chambre d'hôtel

詢問旅館空房

情境模擬

cliente	: Bonjour, monsieur. Je voudrais une chambre simple, s'il vous plaît. 【bɔ̃ ʒu : r mə sjφ ʒə vu drɛ yn ʃɑ̃ : br sɛ̃pl sil vu plɛ】
女客人	: 日安，先生，我想要一間單人房，麻煩您。
réceptionniste	: Désolé, c'est complet. 【de zɔ le sɛ kɔ̃ plɛ】
櫃台人員	: 抱歉，已經客滿了。
cliente	: Tant pis, au revoir. 【tɑ̃ pi o rə vwar】
女客人	: 那就算了，再見。
réceptionniste	: Au revoir, madame. 【o rə vwar ma dam】
櫃台人員	: 再見，女士。

 MP3 30

您也可以這樣說!

une chambre double

【yn ʃã : br dubl】

一間雙人房

deux chambres doubles

【dφ ʃã : br dubl】

二間雙人房

une chambre pour
une personne

【yn ʃã : br pur yn pɛr sɔn】

一間單人房

une chambre pour
deux personnes

【yn ʃã : br pur dφ pɛr sɔn】

一間雙人房

住宿篇

2 Demander le nombre de lit
要求床的數量

 情境模擬

cliente	: Je voudrais une chambre double, s'il vous plaît. 【ʒə vu drɛ yn ʃɑ̃ : br dubl sil vu plɛ】
女客人	: 我想要一間雙人房，麻煩您。
réceptionniste	: Oui, avec un grand lit ? 【wi a vɛ kœ̃ grɑ̃ li】
櫃台人員	: 是的，要一張大床嗎？
cliente	: Non, avec deux petits lits. 【nɔ̃ a vɛk dφ pə ti li】
女客人	: 不，要二張小床的。
réceptionniste	: Pas de problème. 【pɑ də prɔ blɛm】
櫃台人員	: 沒問題。

您也可以這樣說！

avec un grand lit
【a vɛ kɶ̃ grã li】
附一張大床

avec deux petits lits
【a vɛk dɸ pə ti li】
附二張小床

avec un lit superposé
【a vɛ kɶ̃ li sy pɛr pɔ ze】
附上下鋪的床

avec un lit supplémentaire
【a vɛ kɶ̃ li sy ple mã tɛ : r】
額外加一張床

3 Demander le prix des chambres

詢問房間價錢

réceptionniste	: Madame, vous voulez une chambre avec bains ? 【ma dam vu vu le yn ʃãː br a vɛk bɛ̃】
櫃台人員	: 女士，您要有浴缸的房間嗎？
cliente	: Avec bains, c'est combien? 【a vɛk bɛ̃ sɛ kõ bjɛ̃】
女客人	: 有浴缸的，要多少錢呢？
réceptionniste	: C'est soixante-quinze euros. 【sɛ swa sãt kɛ̃ zø ro】
櫃台人員	: 七十五歐元。
cliente	: Et avec douche ? 【e a vɛk duʃ】
女客人	: 那有淋浴的呢？
réceptionniste	: Soixante-cinq euros. 【swa sãt sɛ̃ kø ro】
櫃台人員	: 六十五歐元。
cliente	: Euh, je prends une chambre avec douche. 【ø ʒə prã yn ʃãː br a vɛk duʃ】
女客人	: 嗯，我要有淋浴的房間。

您也可以這樣說！

une chambre avec lavabo
【yn ʃɑ̃ : br a vɛk la va bo】
有洗手檯的房間

une chambre avec douche
【yn ʃɑ̃ : br a vɛk duʃ】
有淋浴的房間

une chambre avec bains
【yn ʃɑ̃ : br a vɛk bɛ̃】
有浴缸的房間

une chambre avec les toilettes
【yn ʃɑ̃ : br a vɛk le twa lɛt】
有廁所的房間

4 Dire combien de nuits qu'on va passer
說明住宿天數

réceptionniste	: Pour combien de nuits ? 【pur kɔ̃ bjɛ̃ də nɥi】
櫃台人員	: 住幾晚呢？

cliente	: Pour une nuit. 【pur yn nɥi】
女客人	: 一晚。

réceptionniste	: Vous avez une pièce d'identité ? 【vu za ve yn pjɛs di dã ti te】
櫃台人員	: 您有證件嗎？

cliente	: Oui, voilà mon passeport. 【wi vwa la mɔ̃ pas pɔːr】
女客人	: 是的，這是我的護照。

réceptionniste	: Merci. 【mɛr si】
櫃台人員	: 謝謝。

((MP3 33

deux nuits
【dɸ nɥi】
二晚

trois nuits
【trwa nɥi】
三晚

une semaine
【yn sə mɛn】
一個禮拜

une carte d'identité
【yn kart di dɑ̃ ti te】
身分證

5 Demander le prix du petit déjeuner

詢問早餐價格

 情境模擬

réceptionniste	: Vous prenez le petit déjeuner ? 【vu pə ne lə pə ti de ʒœ ne】
櫃台人員	: 您要（在這裡）用早餐嗎？
cliente	: C'est combien ? 【sɛ kɔ̃ bjɛ̃】
女客人	: （早餐）要多少錢？
réceptionniste	: Six euros par personne. 【si zφ ro par pɛr sɔn】
櫃台人員	: 一個人要六歐元。
cliente	: Euh... oui, je le prends. 【φ wi ʒə lə prɑ̃】
女客人	: 嗯…好，我要（在這裡）用早餐。

您也可以這樣說！

Non, je ne le prends pas.
【nɔ̃ ʒə nə lə prɑ̃ pɑ】
不，我不要（在這裡用早餐）。

par chambre
【par ʃɑ̃ : br】
以房間計價

par jour
【par ʒu : r】
以天計價

par semaine
【par sə mɛn】
以星期計價

住宿篇

6 Demander pour le règlement

詢問何時結算

情境模擬

cliente	:	Je règle maintenant ou avant le départ? 【ʒə rɛgl mɛ̃t nã u a vã lə de pa : r】
女客人	:	我現在或在退房前結算（房錢）？
réceptionniste	:	Comme vous voulez. 【kɔm vu vu le】
櫃台人員	:	隨您意。
cliente	:	Je règle maintenant alors. 【ʒə rɛgl mɛ̃t nã alɔ : r】
女客人	:	那麼我現在結好了。
réceptionniste	:	Bien, la chambre six, voici la clé. 【bjɛ̃ la ʃã : br sis vwa si la kle】
櫃台人員	:	好的，六號房，這就是房間鑰匙。
cliente	:	Merci. 【mɛr si】
女客人	:	謝謝。

您也可以這樣說！

Je règle tout de suite.
【ʒə rɛgl tu də sɥit】
我馬上結帳。

Je règle tout à l'heure.
【ʒə rɛgl tu ta lœ : r】
我待會結帳。

Je règle plus tard.
【ʒə rɛgl ply ta : r】
我晚點結帳。

Je règle demain matin.
【ʒə rɛgl də mɛ̃ ma tɛ̃】
我明早結帳。

7 Demander l'heure du petit déjeuner

詢問用早餐的時間

cliente	: Pardon, le petit déjeuner commence à quelle heure ? 【par dɔ̃ lə pə ti de ʒœ ne kɔ mãs a kɛ lœ : r】
女客人	: 抱歉，請問早餐幾點開始呢？

réceptionniste	: Il commence de sept à dix heures, dans la salle d'à côté. 【il kɔ mãs də sɛt a di zœ : r dã la sal da kɔ te】
櫃台人員	: 從七點開始到十點， 就在旁邊的大廳用餐。
	Il vous suffit de montrer la clé de votre chambre au personnel. 【il vu sy fi də mɔ̃ tre la kle də vɔtr ʃã : br o pɛr sɔ nɛl】
	您只要給工作人員看您房間鑰匙 就行了。

cliente	: Très bien, merci. 【trɛ bjɛ̃ mɛr si】
女客人	: 好的，謝謝。

您也可以這樣說！

le numéro de la chambre
【lə ny me ro də la ʃã : br】
房間號碼

le déjeuner
【lə de ʒœ ne】
午餐

le dîner
【lə di ne】
晚餐

le bar
【lə ba : r】
酒吧

住宿篇

8 Demander qu'on vous réveille
要求morning call服務

cliente	: C'est possible que vous me réveilliez demain matin ? 【sɛ pɔ sibl kə vu mə re vɛj je də mɛ̃ ma tɛ̃】
女客人	: 明早您能夠叫我起床嗎？
réceptionniste	: Bien sûr. À quelle heure ? 【bjɛ̃ syr a kɛ lœ : r】
櫃台人員	: 當然。幾點呢？
cliente	: À sept heures . 【a sɛ tœ : r】
女客人	: 七點鐘。
réceptionniste	: Pas de problème, c'est noté. 【pɑ də prɔ blɛm sɛ nɔ te】
櫃台人員	: 沒問題，記下來了。
cliente	: Merci. 【mɛr si】
女客人	: 謝謝。

您也可以這樣說！

À sept heures et quart.
【a sɛ tœ : r e ka : r】
七點一刻。

À huit heures.
【a ɥi tœ : r】
八點。

À huit heures et demie.
【a ɥi tœ : r e də mi】
八點半。

À neuf heures moins le quart.
【a nœ vœ : r mwɛ̃ lə ka : r】
九點少一刻（八點四十五分）。

9 Demander où est l'ascenseur
詢問電梯在哪裡

情境模擬

cliente	: Il y a l'ascenseur ? 【i li a la sɑ̃ sœːr】
女客人	: 有電梯嗎？
réceptionniste	: Oui, c'est juste derrière, à gauche. 【wi sɛ ʒyst dɛ rjɛr a goːʃ】
櫃台人員	: 是的，就在後頭，靠左邊。
cliente	: Ah oui, je vois. Merci. 【ɑ wi ʒə vwa mɛr si】
女客人	: 啊，是的，我看到了。謝謝。
réceptionniste	: De rien. Bonsoir, madame. 【də rjɛ̃ bɔ̃ swaːr ma dam】
櫃台人員	: 不客氣。晚安，女士。
cliente	: Bonsoir. 【bɔ̃ swaːr】
女客人	: 晚安。

您也可以這樣說！

là-bas
【la bɑ】
在那裡

à droite
【a drwat】
在右邊

à côté
【a kɔ te】
在旁邊

en face
【ɑ̃ fas】
在對面

住宿篇

10 Demander un service
客房服務

情境模擬

réceptionniste	: **Allô, ici, la réception. Bonjour.** 【a lo i si la re sɛp sjɔ̃ bɔ̃ ʒu : r】
櫃台人員	: 喂，這裡是櫃台。日安。
cliente	: **Bonjour, monsieur. Ici,** **c'est la chambre six.** 【bɔ̃ ʒu : r mə sjø i si sɛ la ʃɑ̃ : br sis】
女客人	: 日安，先生。這裡是六號房。
	Je peux avoir une serviette, *s'il vous plaît.* 【ʒə pø a vwa : r yn sɛr vjɛt sil vu plɛ】
	我可以要一條毛巾嗎，麻煩您。
réceptionniste	: **Je vous l'apporte** **tout de suite.** 【ʒə vu la pɔrt tu də sɥit】
櫃台人員	: 我馬上幫您送去。
cliente	: **Merci.** 【mɛr si】
女客人	: 謝謝。

您也可以這樣說！

un savon
【œ̃ sa võ】
肥皂

un shampooing
【œ̃ ʃɑ̃ pwɛ̃】
洗髮精

une brosse à dents
【yn brɔ sa dɑ̃】
牙刷

un sèche-cheveux
【œ̃ sɛʃ ʃə vφ】
吹風機

第五單元

用餐篇

漫遊法國

五臟廟的夢想天堂

到了以美食聞名的法國，不去嚐嚐道地的法國菜，實在太對不起自己的五臟廟。但是面對琳瑯滿目的菜單，該選什麼菜呢？法國每個地區都有它當地的傳統菜餚。初到法國不妨先品嚐這種地方菜。法國西北部以奶類菜餚聞名，如奶油焗烤扇貝（Coquilles Saint-Jacques à la crème）。西南部的鵝肝醬（fois gras d'oie）與松露（truffe）是當地出產的珍寶，捲心菜湯（soupe au chou）、燜鵝肉凍（confit d'oie）則是平實的鄉土菜。如果到土魯斯，可以試看看用鵝、鴨、羊或豬肉做成的燜肉凍和白豆子在砂鍋裡長時間熬煮的什錦砂鍋（cassoulet）。

原來，這就是傳說中的法國美食！

在普羅旺斯可吃的可多了！除了馬賽的鮮魚湯（bouillabaisse）外，還有黑橄欖泥醬（tapenade）、尼斯沙拉（salade niçoise）、什錦燜菜（ratatouille）、羅勒豆子蔬菜湯（soupe au pistou）、海鮮蒜泥蛋黃醬（aïoli provençal）。法國中部大城里昂，素有「老饕的天堂」之稱。有名

的當地菜，包含里昂沙拉（salade lyonnaise）、馬鈴薯配熱香腸（pommes de terre au saucisson chaud）、用豬肉內臟製成的一種粗香腸（andouillette）、里昂式燉牛肚（gras-doubles à la lyonnaise）等等。主菜後，別忘了來一份乳酪（fromage），配上紅酒，可是滋味無窮。此外，法國甜點也非嚐不可。像巴黎佩斯特（Paris-Brest）、聖多諾賀（St-Honoré）、千層派（mille-feuille）、舒芙蕾（soufflé）、馬卡龍（macaron）……，要品嚐的美味糕點真是多到難以一一列出呢！在法國餐廳用餐，通常需要二個小時左右的時間。法國人喜歡邊享受美食，邊聊天。因此一百二十分鐘的時間不算長，也不嫌短。一般的套餐包含前菜（entrée）、主菜（plat principal）、乳酪或甜點（dessert）。有些人喜歡飯前來一杯開胃酒（apéritif）。若飯後覺得吃太撐，不妨點份消化酒（digestif），保證腸胃頓時輕盈不少。

1 Demander une boisson chaude dans un café

在咖啡館點熱飲

情境模擬

cliente	: Monsieur, monsieur, s'il vous plaît !
	【mə sjø mə sjø sil vu plɛ】
女客人	: 先生，先生，麻煩您！

serveur	: Oui, j'arrive.
	【wi ʒa riv】
男服務生	: 是的，我來了。
	Bonjour, madame.
	Qu'est-ce que vous prenez ?
	【bɔ̃ ʒu : r ma dam kɛs kə vu prə ne】
	日安，女士。
	您要點什麼？

cliente	: Je voudrais un expresso,
	s'il vous plaît.
	【ʒə vu drɛ œ̃ nɛks prɛ so sil vu plɛ】
女客人	: 我要一杯濃縮咖啡，麻煩您。

serveur	: Bien.
	【bjɛ̃】
男服務生	: 好的。

您也可以這樣說！

un thé
【œ̃ te】
茶

un café crème
【œ̃ ka fe krɛm】
鮮奶油咖啡

用餐篇

un café au lait
【œ̃ ka fe o lɛ】
牛奶咖啡

un chocolat chaud
【œ̃ ʃɔ kɔ la ʃo】
熱可可

2 Demander une boisson fraîche dans un café

在咖啡館點冷飲

情境模擬

---

serveur : Bonjour, madame. Vous désirez ?
【bɔ̃ ʒu : r ma dam vu de zi re】

男服務生 : 日安，女士。您想要什麼？

---

cliente : Un jus de pomme, s'il vous plaît.
【œ̃ ʒy də pɔm sil vu plɛ】

女客人 : 一杯蘋果汁，麻煩您。

---

serveur : Avec ceci ?
【a vɛk sə si】

男服務生 : 要其他的嗎？

---

cliente : C'est tout.
【sɛ tu】

女客人 : 這就夠了。

---

serveur : Bien.
【bjɛ̃】

男服務生 : 好的。

您也可以這樣說！

une menthe à l'eau
【yn mã ta lo】
薄荷水

une grenadine
【yn grə na din】
石榴水

une citronnade
【yn si trɔ nad】
檸檬水

une limonade
【yn li mɔ nad】
汽水

3 Demander une boisson alcoolisée dans un café

在咖啡館點含酒精飲料

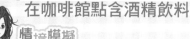

情境模擬

serveur :	Qu'est-ce que vous prenez, madame ? 【kɛs kə vu prə ne ma dam】
男服務生 :	您要點什麼，女士？

cliente :	Donnez-moi une bière, s'il vous plaît. 【dɔ ne mwa yn bjɛːr sil vu plɛ】
女客人 :	給我一杯啤酒，麻煩您。

serveur :	Blonde, brune, à la pression ? 【blɔ̃d bryn a la prɛ sjɔ̃】
男服務生 :	金啤，黑啤，生啤？

cliente :	Une blonde, s'il vous plaît. 【yn blɔ̃d sil vu plɛ】
女客人 :	一杯金啤，麻煩您。

serveur :	Très bien. 【trɛ bjɛ̃】
男服務生 :	好的。

您也可以這樣說！

un verre de vin rouge
【œ̃ vɛ : r də vɛ̃ ru : ʒ】
一杯紅酒

un verre de vin blanc
【œ̃ vɛ : r də vɛ̃ blɑ̃】
一杯白酒

un verre de champagne
【œ̃ vɛ : r də ʃɑ̃ paɲ】
一杯香檳

un wisky
【œ̃ wis ky】
一杯威士忌

用餐篇

4 Prendre le petit déjeuner dans un café

在咖啡館吃早餐

 情境模擬

cliente	: Monsieur, s'il vous plaît. 【mə sjø sil vu plɛ】
女客人	: 先生，麻煩您。

serveur	: Oui, madame. 【wi ma dam】
男服務生	: 是的，女士。

cliente	: Je voudrais un café noir et un croissant, s'il vous plaît. 【ʒə vu drɛ œ̃ ka fe nwa : r e œ̃ krwa sã sil vu plɛ】
女客人	: 我要一杯黑咖啡和一個可頌麵包，麻煩您。

serveur	: Un café noir et un croissant..., oui. C'est tout ? 【œ̃ ka fe nwa : r e œ̃ krwa sã wi sɛ tu】
男服務生	: 一杯黑咖啡和一個可頌麵包…，是的。這就夠了嗎？

cliente	: Donnez-moi aussi un verre d'eau, s'il vous plaît. 【dɔ ne mwa o si œ̃ vɛ : r do sil vu plɛ】
女客人	: 也給我一杯水，麻煩您。

您也可以這樣說！

un pain au chocolat
【œ̃ pɛ̃ o ʃɔ kɔ la】
巧克力麵包

un verre de lait
【œ̃ vɛ : r də lɛ】
一杯牛奶

des tartines avec du beurre
【de tar tin a vɛk dy bœ : r】
塗奶油的麵包片

des tartines avec de la confiture
【de tar tin a vɛk də la kɔ̃ fi ty : r】
塗果醬的麵包片

5 Prendre un repas dans un café

在咖啡館用簡餐

情境模擬

cliente	: S'il vous plaît, monsieur. Je peux manger ici ? 【sil vu plɛ mə sjø ʒə pφ mã ʒe i si】
女客人	：麻煩您，先生。 我可以在這裡用餐嗎？

serveur	: Bien sûr. Qu'est-ce que je vous sers ? 【bjẽ sy : r kɛs kə ʒə vu sɛr】
男服務生	：當然。要我幫您端上什麼呢？

cliente	: Une pizza et une salade verte, s'il vous plaît. 【yn pid za e yn sa lad vɛrt sil vu plɛ】
女客人	：一個比薩和一份蔬菜沙拉，麻煩您。

serveur	: Autre chose ? 【o : tr ʃo : z】
男服務生	：要其他的東西嗎？

cliente	: Non, c'est tout. Merci. 【nɔ̃ sɛ tu mɛr si】
女客人	：不，這就夠了。謝謝。

 您也可以這樣說！

une quiche
【yn kiʃ】
鹹派

un croque-monsieur
【ɶ̃ krɔk mə sjø】
法式三明治

un sandwich au jambon
【ɶ̃ sɑ̃d witʃ o ʒɑ̃ bɔ̃】
火腿潛水堡

une omelette aux champignons
【y nɔm lɛt o ʃɑ̃ pi ɲɔ̃】
洋菇蛋捲

119

6 Demander l'addition
買單

cliente	: Monsieur, l'addition, s'il vous plaît. 【mə sjø la di sjɔ̃ sil vu plɛ】
女客人	: 先生，買單，麻煩您。

serveur	: Oui, une pizza et une salade verte, ça fait dix euros quatre-vingts. 【wi yn pid za e yn sa lad vɛrt sa fɛ di zø ka trə vɛ̃】
男服務生	: 是的，一份比薩和一份蔬菜沙拉，總共十歐元八十分錢。

cliente	: Voilà. Ça va, gardez la monnaie ! 【vwa la sa va gar de la mɔ nɛ】
女客人	: 這就是（十歐元八十分錢）。行了，零錢，您留著吧！

serveur	: Merci bien. Au revoir, madame. 【mɛr si bjɛ̃ o rə vwar ma dam】
男服務生	: 多謝。再見，女士。

您也可以這樣說！

C'est combien ?
【sɛ kɔ̃ bjɛ̃】
這多少錢？

Ça fait combien ?
【sa fɛ kɔ̃ bjɛ̃】
總共多少錢？

用餐篇

Combien je vous dois ?
【kɔ̃ bjɛ̃ ʒə vu dwa】
我該給您多少錢？

C'est tout bon.
【sɛ tu bɔ̃】
這就行了（不用找了）。

Au fast-food (1)

7 在速食餐廳（1）

serveuse	: C'est à vous, monsieur ? 【sɛ ta vu mə sjø】
女服務生	: 輪到您嗎，先生？

client	: Oui, c'est à moi. Le menu numéro trois, s'il vous plaît. 【wi sɛ ta mwa lə mə ny ny me ro trwa sil vu plɛ】
男客人	: 是的，輪到我了。一份三號套餐，麻煩您。

serveuse	: Pour les frites, vous voulez du ketchup ou de la moutarde ? 【pur le frit vu vu le dy kɛt ʃœp u də la mu tard】
女服務生	: 薯條，您要沾番茄醬或芥末醬？

client	: De la moutarde. 【də la mu tard】
男客人	: 芥末醬。

您也可以這樣說！

un hamburger
【ɛ̃ ɑ̃ bur gœ : r】
漢堡

un cheesburger
【ɛ̃ tʃis bur gœ : r】
起士堡

une serviette
【yn sɛr vjɛt】
餐巾

une paille
【yn pɑ : j】
吸管

8 Au fast-food (2)
在速食餐廳（2）

情境模擬

serveuse	: Et comme boisson, un jus d'orange ? Un coca ?【e kɔm bwa sɔ̃ œ̃ ʒy dɔ rɑ̃ : ʒ œ̃ ko ka】
女服務生	：那飲料方面，一杯柳橙汁？一杯可樂？

client	: Un coca.【œ̃ ko ka】
男客人	：一杯可樂。

serveuse	: Un grand, un moyen ou un petit ?【œ̃ grɑ̃ œ̃ mwa jɛ̃ u œ̃ pə ti】
女服務生	：大杯，中杯還是小杯的？

client	: Un moyen.【œ̃ mwa jɛ̃】
男客人	：中杯。

您也可以這樣說！

un demi
【œ̃ də mi】
啤酒

un soda
【œ̃ sɔ da】
蘇打水

une boisson gazeuse
【yn bwa sɔ̃ ga zφ : z】
含氣泡飲料

une glace
【yn glas】
冰淇淋

9 Au fast-food (3)
在速食餐廳（3）

情境模擬

serveuse	: C'est pour emporter ou sur place ? 【sɛ pur ɑ̃ pɔr te u syr plas】
女服務生	: 外帶還是內用？
client	: Sur place. 【syr plas】
男客人	: 內用。
serveuse	: Avec ceci ? 【a vɛk sə si】
女服務生	: 要其他的嗎？
client	: C'est tout. 【sɛ tu】
男客人	: 這就夠了。
serveuse	: Cinq euros quatre-vingt-dix, s'il vous plaît. 【sɛ̃ kφ ro ka trə vɛ̃ dis sil vu plɛ】
女服務生	: 五歐元九十分錢，麻煩您。

您也可以這樣說！

quatre-vingt-un
【ka trə vɛ̃ œ̃】
八十一

quatre-vingt-deux
【ka trə vɛ̃ dφ】
八十二

quatre-vingt-trois
【ka trə vɛ̃ trwa】
八十三

quatre-vingt-quatre
【ka trə vɛ̃ ka : tr】
八十四

10 Réserver une table (1)
預約餐廳（1）

（Au téléphone 電話中）

réceptionniste	: Brasserie Saint-Michel, bonjour. 【bras ri sɛ̃ mi ʃɛl bɔ̃ ʒu : r】
櫃台人員	: Saint-Michel餐廳，日安。

cliente	: Bonjour, monsieur. Je voudrais réserver une table pour ce soir. 【bɔ̃ ʒu : r mə sjø ʒə vu drɛ re zɛr ve yn tabl pur sə swar】
女客人	: 日安，先生。我要預約今晚的餐桌。

réceptionniste	: Oui, pour combien de couverts ? 【wi pur kɔ̃ bjɛ̃ də ku vɛr】
櫃台人員	: 要幾份餐具呢？

cliente	: Pour deux couverts. 【pur dø ku vɛr】
女客人	: 二份。

您也可以這樣說！

un couteau
【ɔ̃ ku to】
刀子

une fourchette
【yn fur ʃɛt】
叉子

une cuillère à soupe
【yn kɥi j ː r a sup】
大湯匙

une cuillère à café
【yn kɥi j ː r a ka fe】
小湯匙

11 Réserver une table (2)
預約餐廳（2）

情境模擬

réceptionniste	: À quelle heure ? 【a kɛ lœ : r】
櫃台人員	：幾點鐘呢？
cliente	: À vingt heures. 【a vɛ̃ tœ : r】
女客人	：二十點。
réceptionniste	: À quel nom ? 【a kɛl nɔ̃】
櫃台人員	：用那個名字訂位呢？
cliente	: Au nom de mademoiselle Lin. 【o nɔ̃ də mad mwa zɛl lin】
女客人	：以林小姐之名。
réceptionniste	: Très bien. À ce soir, mademoiselle. 【trɛ bjɛ̃ a sə swar mad mwa zɛl】
櫃台人員	：好。那今晚見了，小姐。

您也可以這樣說！

vingt heures précises
【vɛ̃ tœ : r pre siz】
二十點整

vingt heures quinze
【vɛ̃ tœ : r kɛ̃ : z】
二十點十五分

vingt heures trente
【vɛ̃ tœ : r trɑ̃ : t】
二十點三十分

vingt heures quarante-cinq
【vɛ̃ tœ : r ka rɑ̃ : t sɛ̃k】
二十點四十五分

12 À l'entrée du restaurant (1)
在餐廳入口（1）

情境模擬

maître d'hôtel	: Bonsoir, messieurs-dames. 【bɔ̃ swar me sjø dam】
領班	：晚安，先生、女士。 Vous avez réservé ? 【vu za ve re zɛr ve】 您們有預約嗎？
cliente	: Oui. Au nom de mademoiselle Lin. 【wi o nɔ̃ də mad mwa zɛl lin】
女客人	：有。 用林小姐的名字訂的。
maître d'hôtel	: Oui, c'est ça. Suivez-moi. 【wi sɛ sa sɥi ve mwa】
領班	：是的，沒錯。請跟我來。 Voilà, installez-vous, s'il vous plaît. 【vwa la ɛ̃s ta le vu sil vu plɛ】 是這裡，請坐。

您也可以這樣說！

Cette table vous plaît ?
【sɛt tabl vu plɛ】
這張桌，您滿意嗎？

Ça va, cette table ?
【sa va sɛt tabl】
可以嗎，這張桌？

Cette table, ça vous va ?
【sɛt tabl sa vu va】
這張桌，您覺得還行嗎？

Il ne nous reste que cette table.
【il nə nu rɛst kə sɛt tabl】
我們只剩下這張桌了。

13 **Prendre un apéritif**
點飯前酒

serveuse	: Voilà le menu.
	Vous désirez un apéritif ?
	【vwa la lə mə ny vu de zi re œ na pe ri tif】
女服務生	: 這是套餐菜單。
	您希望喝飯前酒嗎？

client	: Oui, un Pastis, s'il vous plaît.
	【wi œ pas tis sil vu plɛ】
男客人	: 是的，一杯茴香酒，麻煩您。

serveuse	: Très bien. Avec des glaçons ?
	【trɛ bjẽ a vɛk de gla sõ】
女服務生	: 好的。要冰塊嗎？

client	: Oui, s'il vous plaît.
	【wi sil vu plɛ】
男客人	: 是的，麻煩您。

您也可以這樣說！

un kir
【œ̃ kir】
基爾酒

un porto
【œ̃ pɔr to】
波爾圖酒

un martini
【œ̃ mar ti ni】
馬汀尼

un sherry
【œ̃ ʃɛ ri】
雪利酒

14 Demander quel est le plat du jour
詢問今日特餐內容

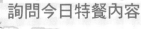
情境模擬

client	: Pardon, quel est le plat du jour? 【par dɔ̃ kɛ lɛ lə pla dy ʒur】
男客人	: 抱歉，今日特餐，是什麼呢？
serveuse	: C'est un steak-frites. 【sɛ tœ̃ stɛk frit】
女服務生	: 是牛排和薯條。
client	: Est-ce que je peux remplacer les frites par des légumes ? 【ɛs kə ʒə pø rɑ̃ pla se le frit par de le gym】
男客人	: 我可以把薯條換成蔬菜嗎？
serveuse	: Oui, bien sûr. 【wi bjɛ̃ syr】
女服務生	: 好，當然可以。

您也可以這樣說！

des moules avec des frites
【de mul a vɛk de frit】
淡菜和薯條

un poulet rôti avec des haricots verts
【œ̃ pu lɛ ro ti a vɛk de a ri ko vɛ : r】
烤雞和菜豆

un pavé de saumon avec du riz
【œ̃ pa ve də so mɔ̃ a vɛk dy ri】
鮭魚塊和米飯

un pavé de boeuf avec des pommes de terre sautées
【œ̃ pa ve də bœf a vɛk de pɔm də tɛr so te】
牛肉塊和炒馬鈴薯

用餐篇

15 Choisir une entrée
點前菜

情境模擬

serveuse	: Vous avez choisi ? 【vu za ve ʃwa zi】
女服務生	: 您選好了嗎？

client	: Oui. 【wi】
男客人	: 是的。

serveuse	: Comme entrée, qu'est-ce que vous prenez ? 【kɔm ã tre kɛs kə vu prə ne】
女服務生	: 前菜，您點什麼呢？

client	: Je prends une salade de tomates. 【ʒə prã yn sa lad də to mat】
男客人	: 我點一份番茄沙拉。

您也可以這樣說！

une soupe de légumes
【yn sup də le gym】
蔬菜湯

un pâté de campagne
【ɛ̃ pa te də kɑ̃ paɲ】
鄉村肉醬

une salade du pêcheur
【yn sa lad dy pɛ ʃœ : r】
漁夫沙拉

une assiette de charcuterie
【y na sjɛt də ʃar kyt ri】
火腿拼盤

16 Choisir un plat principal
點主菜

情境模擬

serveuse	: Et comme plat principal ? 【e kɔm pla prɛ̃ si pal】
女服務生	：那主菜呢？

client	: Un bifeteck. 【œ̃ bif tɛk】
男客人	：一份菲力牛排。

serveuse	: Saignant, à point ou bien cuit ? 【sɛ̃ ɲɑ̃ a pwɛ̃ u bjɛ̃ kɥi】
女服務生	：要帶血的，半熟或全熟？

client	: À point, s'il vous plaît. 【a pwɛ̃ sil vu plɛ】
男客人	：半熟的，麻煩您。

您也可以這樣說！

un steak haché
【ɶ stɛk a ʃe】
漢堡排

un tournedos
【ɶ turn do】
沙朗牛排

une entrecôte
【y nɑ̃tr kot】
丁骨牛排

une brochette de boeuf
【yn brɔ ʃɛt də bœf】
牛肉串

17 Commander la boisson
點飲料

情境模擬

serveuse	: Comme boisson, vous prenez du vin ? 【kɔm bwa sɔ̃ vu prə ne dy vɛ̃】
女服務生	: 飲料呢，您點酒嗎？
client	: Oui, une bouteille de Bordeaux. 【wi yn bu tɛj də bɔr do】
男客人	: 是的，一瓶波爾多紅酒。
serveuse	: Très bien. 【trɛ bjɛ̃】
女服務生	: 好的。
client	: Donnez-moi aussi une carafe d'eau, s'il vous plaît. 【dɔ ne mw o si yn ka raf do sil vu plɛ】
男客人	: 也給我一壺水，麻煩您。
serveuse	: Oui. 【wi】
女服務生	: 是的。

您也可以這樣說！

un verre de côte du Rhône

【œ̃ vɛ : r də kɔt dy ron】

一杯隆河流域產的葡萄酒

un pot de Beaujolais

【œ̃ po də bo ʒo lɛ】

一盅薄酒萊葡萄酒

un pichet de Bourgogne

【œ̃ pi ʃɛ də bur go ɲɔ̃】

一壺勃根第葡萄酒

une bouteille d'eau minérale plate / gazeuse

【yn bu tɛj do mi ne ral plat / ga zɸ : z】

一瓶無氣泡 / 有氣泡的礦泉水

18 Servir un plat
上菜

情境模擬

| serveuse | : Voilà le bifeteck.
Attention, c'est chaud.
【vwa la lə bif tɛk a tã sjõ sɛ ʃo】 |
| 女服務生 | ：牛排來了。
當心，這很燙。 |

| client | : Merci.
【mɛr si】 |
| 男客人 | ：謝謝。 |

| serveuse | : Bon appétit.
【bõ na pe ti】 |
| 女服務生 | ：祝您好胃口。 |

| client | : Merci.
【mɛr si】 |
| 男客人 | ：謝謝。 |

您也可以這樣說！

un poulet au riz
【 œ̃ pu lɛ o ri】
雞肉燉飯

un lapin à la moutarde
【œ̃ la pɛ̃ a la mu tard】
芥末燉兔肉

une truite aux amandes
【yn tɥi to za mɑ̃d】
杏仁片鱒魚

un boeuf bourguignon
【œ̃ bœf bur gi ɲɔ̃】
紅酒燉牛肉

19 **Commander un dessert**
點甜點

情境模擬

serveuse	: Ça va ? 【sa va】
女服務生	: 還好嗎？
client	: Oui, c'est très bon. 【wi sɛ trɛ bɔ̃】
男客人	: 是的，非常好吃。
serveuse	: Comme dessert, qu'est-ce que vous voulez ? 【kɔm dɛ sɛr kɛs kə vu vu le】
女服務生	: 甜點方面，您想點什麼呢？
	Une salade de fruits ? Une glace? Une mousse au chocolat ? 【yn sa lad də frɥi yn glas yn mus o ʃɔ kɔ la】
	水果沙拉？冰淇淋？ 巧克力慕絲？
client	: Une salade de fruits, s'il vous plaît. 【yn sa lad də frɥi sil vu plɛ】
男客人	: 一份水果沙拉，麻煩您。

您也可以這樣說！

une île flottante
【y nil flɔ tɑ̃t】
烤蛋白淋卡士達醬

une tarte Tatin
【yn tart ta tɛ̃】
焦糖蘋果塔

une crème caramel
【yn krɛm ka ra mɛl】
焦糖布丁

un gâteau au chocolat
【œ̃ ga to o ʃɔ kɔ la】
巧克力蛋糕

147

20 Demander un café et l'addition

要求一杯咖啡和買單

情境模擬

serveuse	: Vous prenez un café ? 【vu prə ne œ̃ ka fe】
女服務生	: 您要咖啡嗎？
client	: Oui, un café et l'addition, s'il vous plaît. 【wi œ̃ ka fe e la di sjɔ̃ sil vu plɛ】
男客人	: 是的，一杯咖啡和帳單，麻煩您。
serveuse	: Oui. 【wi】
女服務生	: 好的。
client	: Merci. 【mɛr si】
男客人	: 謝謝。

您也可以這樣說！

un grand café
【œ̃ grɑ̃ ka fe】
一杯大杯的咖啡

un thé à la menthe
【œ̃ te a la mɑ̃t】
一杯薄荷茶

un digestif
【œ̃ di ʒɛs tif】
一杯消化（飯後）酒

une tisane
【yn ti zan】
一杯花草茶

第六單元

購物篇

喜歡購物？那請看這裡！

您對路易‧威登（Louis Vuitton）、愛馬仕（Hermès）、香奈兒（Coco Chanel）、克里斯汀‧迪奧（Christian Dior）、聖羅蘭（YSL）、卡地亞（Cartier）等大品牌肯定耳熟能詳。對藥粧商品，如克蘭詩（Clarins）、碧兒泉（Biotherm）、優麗雅（Uriage），或巴黎萊雅（l'Oréal）、卡尼爾（Garnier）等平價商品應也不陌生。到了這些品牌的出產地，法國，難免想滿足一下自己的購物慾。再加上有免稅的這項「利多」因素誘惑著，讓人更蠢蠢欲動。但是該上哪兒去買呢？如果您要買知名品牌的產品，自然可以到香榭麗舍大道一帶，在附近可以找到路易‧威登、愛馬仕、卡地亞等名店。不然在聖多諾賀路（rue St-Honoré）上，也有不少精品店。保養品、太陽眼鏡、服飾、圍巾、皮件、珠寶、香水、打火機等等，一應俱全。並且有會說華語的店員幫您服務喔！另外，有名的百貨公司，如拉法葉（Galeries Lafayette）、春天（Au printemps）或BHV，也是購物的好地方。如果您不崇尚名牌，喜歡年輕流行的東西，那麼您可以往塞納河左岸聖傑曼大道（Bd. St-Germain）走，應該可以找到吸引您目光的東西。

不討價還價的法國人

　　法國人沒有討價還價的風氣。因此，除非您一次購買的量很大，否則很難殺價。如果太堅持要老闆打折，可能會招致反感。若是想買又好又便宜的東西，那最好趁法國一年二次（每年的一月和七月）的拍賣期，可以有七到五折的優惠。拍賣期間約一個月。法國的尺寸和台灣不同，因此不管購買衣服或鞋子，建議您要先試穿。若購買了免稅商品，返國當天最好提早三個小時左右到機場辦理退稅，免得來不及搭機。因為戴高樂－華西機場（Aéroport Charles de Gaulle－Roissy）有來自世界各地，喜愛名牌的觀光客也在排隊等候辦理呢！

1 Parler de son type de peau
說明自己的膚質

情境模擬

vendeuse	:	Bonjour, madame. Je peux vous aider ? 【bõ ʒu : r ma dam ʒə pø vu zε de】
女店員	:	日安，女士。 我可以為您服務嗎？

cliente	:	Oui, je cherche une crème de jour. 【wi ʒə ʃεrʃ yn krεm də ʒu : r】
女客人	:	是的，我在找日霜。

vendeuse	:	Vous avez une peau comment ? 【vu za ve yn po kɔ mã】
女店員	:	您是哪一種膚質呢？

cliente	:	J'ai une peau sèche. 【ʒe yn po sεʃ】
女客人	:	我是乾性膚質。

您也可以這樣說！

une peau grasse
【yn po gras】
油性膚質

une peau normale
【yn po nɔr mal】
正常膚質

une peau mixte
【yn po mikst】
混合性膚質

une peau sensible
【yn po sã sibl】
敏感性膚質

2 **Essayer un produit**
試用一份產品

情境模擬

vendeuse	: Ce produit est destiné aux peaux sèches. 【sə prɔ dyi ɛ dɛs ti ne o po sɛʃ】
女店員	: 這個產品是專門給乾性膚質用的。
cliente	: Je peux l'essayer ? 【ʒə pø le se je】
女客人	: 我可以試用看看嗎？
vendeuse	: Oui, bien sûr. (...) C'est très doux, n'est-ce pas ? 【wi bjɛ̃ sy : r sɛ trɛ du nɛs pa】
女店員	: 當然囉。（…）這很溫和，不是嗎？
cliente	: Oui, ce n'est pas mal. 【wi sə nɛ pa mal】
女客人	: 是的，還不錯。

您也可以這樣說！

C'est génial.
【sɛ ʒe njal】
太神奇了。

C'est excellent.
【sɛ tɛk sɛ lɑ̃】
很優良。

C'est super.
【sɛ sy pɛr】
太棒了。

C'est très bien.
【sɛ trɛ bjɛ̃】
非常好。

購物篇

3

Demander un conseil
請求給予建議

情境模擬

client	: Bonjour, madame.
	Vous avez des produits pour l'acné ?
	【bɔ̃ ʒu : r ma dam
	vu za ve de prɔ dɥi pur lak ne】
男客人	: 日安，女士。
	您有治療青春痘的產品嗎？

vendeuse	: Bien sûr, nous en avons.
	【bjɛ̃ sy : r nu zã na vɔ̃】
女店員	: 當然，我們有。

client	: Quel est le plus efficace ?
	【kɛ lɛ lə ply ze fi kas】
男客人	: 哪一種最有效？

vendeuse	: Celui-ci est très efficace.
	【sə lɥi si ɛ trɛ ze fi kas】
女店員	: 這一種非常有效。

client	: Bon, je le prends.
	【bɔ̃ ʒə lə prã】
男客人	: 好，我就拿這個。

您也可以這樣說！

購物篇

Quel est le plus cher ?
【kε lε lə ply ʃεr】
哪一種最貴？

Quel est le moins cher ?
【kε lε lə mwɛ̃ ʃεr】
哪一種最便宜？

Quel est le plus hydratant ?
【kε lε lə ply zj dra tɑ̃】
哪一種最保濕？

Quel est le moins gras ?
【kε lε lə mwɛ̃ gra】
哪一種最不油？

Demander le mode d'emploi

4 詢問使用方法

情境模擬

vendeuse	: **Vous voulez aussi une lotion ?** 【vu vu le o si yn lo sjɔ̃】
女店員	: 您也要化妝水嗎？
client	: **Comment l'utiliser ?** 【kɔ mã ly ti li ze】
男客人	: 怎麼使用呢？
vendeuse	: **Vous l'appliquez à l'aide d'un coton.** 【vu la pli ke a led dœ̃ kɔ tɔ̃】
女店員	: 您要用化妝棉來擦。
client	: **Non, merci. Je ne la prends pas.** 【nɔ̃ mɛr si ʒə nə la prã pɑ】
男客人	: 不要好了，謝謝。我不拿。

您也可以這樣說！

à l'aide des doigts
【a led de dwa】
借助手指頭

à l'aide d'un coton tige
【a led dœ̃ kɔ tɔ̃ tiʒ】
借助棉花棒

à l'aide d'une lingette
démaquillante
【a led dyn lɛ̃ ʒɛt de ma kjɑ̃t】
借助卸妝面紙

à l'aide d'une huile
démaquillante
【a led dy nᶣil de ma kjɑ̃t】
借助卸妝油

5 Demander un renseignement
詢問資訊

client	:	Excusez-moi, madame. Je cherche une crème solaire. 【ɛks ky ze mwa ma dam ʒə ʃɛrʃ yn krɛm sɔ lɛr】
男客人	:	對不起，女士。 我在找防曬乳。
vendeuse	:	C'est pour aller à la mer ou pour rester en ville ? 【sɛ pur a le a la mɛr u pur rɛs te ã vil】
女店員	:	是為了要去海邊還是要留在城裡呢？
client	:	Pour aller à la mer. 【pur a le a la mɛr】
男客人	:	是為了要去海邊。
vendeuse	:	C'est une crème spéciale pour aller à la mer, indice cinquante. 【sɛ tyn krɛm spe sjal pur a le a la mɛr ɛ̃ dis sɛ̃ kãt】
女店員	:	這是一種去海邊的專用防曬乳，係數五十。 Elle protège très bien la peau. 【ɛl prɔ tɛʒ trɛ bjɛ̃ la po】 它保護皮膚的效果非常好。

您也可以這樣說！

Ça hydrate bien la peau.
【sa j drat bjɛ̃ la po】
這個（產品）對皮膚的保濕效果很好。

Ça nettoie bien la peau.
【sa nɛ twa bjɛ̃ la po】
這個（產品）對皮膚的滋潤效果很好。

Ça nourrie bien la peau.
【sa nu ri bjɛ̃ la po】
這個（產品）對皮膚的清潔效果很好。

Ça fortifie bien la peau.
【sa fɔr ti fi bjɛ̃ la po】
這個（產品）對皮膚的緊緻效果很好。

Demander un sac

6 要求看皮包

情境模擬

vendeuse	: Bonjour, monsieur. Je peux vous aider ? 【bɔ̃ ʒu : r mə sjɸ ʒə pɸ vu ze de】
女店員	: 日安，先生。 我能幫您服務嗎？

---

client	: Oui, s'il vous plaît. Je cherche un sac en cuir. 【wi sil vu plɛ ʒə ʃɛrʃ œ̃ sa kɑ̃ kɥir】
男客人	: 是的，麻煩您。 我在找一個皮製皮包。

---

vendeuse	: Les sacs en cuir sont ici. Je vous laisse regarder. 【le sa kɑ̃ kɥir sɔ̃ ti si ʒə vu lɛs rə gar de】
女店員	: 皮製皮包都在這兒。 我讓您自己看。

---

client	: Oui, merci. 【wi mɛr si】
男客人	: 好的，謝謝。

您也可以這樣說！

un sac à main
【œ̃ sa ka mɛ̃】
手提包

un sac à dos
【œ̃ sa ka do】
背包

un portefeuille
【œ̃ pɔrt fœj】
皮夾

un porte-monnaie
【œ̃ pɔrt mɔ nɛ】
零錢包

購物篇

7 Demander d'autres couleurs
詢問其他的顏色

情境模擬

client	:	Madame, s'il vous plaît.
		【ma dam sil vu plɛ】
男客人	:	麻煩您，女士。

vendeuse	:	Oui.
		【wi】
女店員	:	是的。

client	:	J'aime bien ce sac.
		Il existe en autres couleurs ?
		【ʒem bjɛ̃ sə sak
		i lɛg zis tã no : tr ku lœ : r】
男客人	:	我很喜歡這個皮包。
		它有其他的顏色嗎？

vendeuse	:	Bien sûr. Il existe aussi en noir,
		en marron et en blanc.
		【bjɛ̃ sy : r i lɛg zis to si ã nwar
		ã ma rɔ̃ e ã blã】
女店員	:	當然囉。還有黑色、栗色和白色。

您也可以這樣說！

en bleu
【ã blφ】
藍色

en gris
【ã gri】
灰色

en vert
【ã vɛr】
綠色

en kaki
【ã ka ki】
卡其色

Demander la matière

8 詢問皮包材質

情境模擬

client	: Pardon, madame.
	Ce sac est en quelle matière ?
	【par dõ ma dam
	sə sak ε tã kεl ma tjε : r】
男客人	: 抱歉，女士。
	這個皮包是哪一種材質做的？

vendeuse	: Il est en daim.
	【i lε tã dɛ̃】
女店員	: 它是麂皮製的。

client	: C'est difficile à nettoyer ?
	【sε di fi sil a ne twa je】
男客人	: 這很難清洗嗎？

vendeuse	: Nous avons un produit spécial pour
	nettoyer le daim.
	【nu za võ œ̃ prɔ dɥi spe sjal pur
	ne twa je lə dɛ̃】
女店員	: 我們有賣清洗麂皮的特殊產品。

您也可以這樣說！

en tissu
【ã ti sy】
布製

en cuir
【ã kɥi : r】
牛皮製

en vachette
【ã va ʃɛt】
小牛皮製

en plastique
【ã plas tik】
塑膠製

購物篇

9 **Exprimer ses remarques**
表達個人意見

情境模擬

vendeuse	: Ce sac est joli et très branché. 【sə sak ɛ ʒɔ li e trɛ brã ʃe】
女店員	: 這個皮包很漂亮又很流行。
cliente	: Mais la couleur est trop voyante. 【mɛ la ku lœ : r ɛ tro vwa jãt】
女客人	: 可是顏色太搶眼了點。
vendeuse	: Ah bon, pourtant cette couleur est très à la mode. 【ɑ bɔ̃ pur tã sɛt ku lœ : r ɛ trɛ za la mɔd】
女店員	: 啊，是嗎！可是這個顏色很流行。
cliente	: Je vais réfléchir. 【ʒə vɛ re fle ʃir】
女客人	: 我要考慮看看。

您也可以這樣說！

Mais c'est trop grand.

【mɛ sɛ tro grɑ̃】

可是這個太大了。

Mais c'est trop petit.

【mɛ sɛ tro pə ti】

可是這個太小了。

Mais c'est trop classique.

【mɛ sɛ tro kla sik】

可是這個太普通了。

購物篇

Mais c'est trop original.

【mɛ sɛ tro pɔ ri ʒi nal】

可是這個太新潮了。

10 À la caisse
在付款處

情境模擬

client	: **Madame, je prends ce portefeuille.** 【ma dam ʒə prɑ̃ sə pɔrt fœj】
男客人	：女士，我要買這個這個皮夾。

vendeuse	: **Oui. Cent euros, s'il vous plaît.** **C'est pour offrir ?** 【wi sɑ̃ tø ro sil vu plɛ sɛ pur ɔf rir】
女店員	：好的。一百歐元，麻煩您。 這是要送人的嗎？

client	: **Oui.** 【wi】
男客人	：是的。

vendeuse	: **Je vous fais un paquet cadeau.** 【ʒə vu fɛ œ̃ pa kɛ ka do】
女店員	：那麼我幫您包成禮盒。

client	: **Oui, merci.** 【wi mɛr si】
男客人	：是的，謝謝。

您也可以這樣說！

C'est pour moi-même.
【sɛ pur mwa mɛm】
這是要給我自己的。

C'est pour mes parents.
【sɛ pur me pa rã】
這是要給我父母親的。

C'est pour mes enfants.
【sɛ pur me zã fã】
這是要給我孩子們的。

C'est pour ma famille.
【sɛ pur ma fa mij】
這是要給我家人的。

11 Exprimer ses préférences sur le parfum

表達個人對香水的偏好

情境模擬

cliente	: Bonjour, madame. Je voudrais un parfum. 【bɔ̃ ʒu : r ma dam ʒə vu drɛ œ̃ par fœ̃】
女客人	: 日安，女士。 我想要一瓶香精。
vendeuse	: Vous avez une préférence? 【vu za ve yn pre fe rɑ̃s】
女店員	: 您有偏好哪一種嗎？
cliente	: Je préfère un parfum léger. 【ʒə pre fɛr œ̃ par fœ̃ le ʒe】
女客人	: 我比較喜歡淡一點的。
vendeuse	: Vous voulez essayer celui-ci ? 【vu vu le e se je sə lɥi si】
女店員	: 您要試這一瓶嗎？
cliente	: Oui, je veux bien. 【wi ʒə vø bjɛ̃】
女客人	: 好的，我很願意。

((MP3 70

您也可以這樣說！

l'eau de parfum
【lo də par fœ̃】
淡香精

l'eau de toilette
【lo də twa lɛt】
香水

l'eau de cologne
【lo də kɔ lɔɲ】
古龍水

un après-rasage
【œ̃ na prɛ ra zaʒ】
鬍後水

購物篇

12

Comparer une odeur
比較不同香水的味道

vendeuse	: Vous le trouvez comment, ce parfum ? 【vu lə tru ve kɔ mɑ̃ sə par fœ̃】
女店員	：您覺得如何呢，這瓶香水？
client	: Ah non, je n'aime pas cette odeur. 【ɑ nɔ̃ ʒə nem pɑ sɛ tɔ dœr】
男客人	：啊，不，我不喜歡這個味道。
vendeuse	: Essayez celui-ci ! 【e se je sə lɥi si】
女店員	：試看看這一瓶！
client	: Euh, c'est plus léger. 【ø sɛ ply le ʒe】
男客人	：嗯，這比較淡。

您也可以這樣說！

C'est un peu trop fort.
【sɛ tœ̃ pø tro fɔr】
這有點太濃。

C'est un peu trop léger.
【sɛ tœ̃ pø tro le ʒe】
這有點太淡。

Ça sent bon.
【sa sã bɔ̃】
這個聞起來很香。

Ça ne sent pas bon.
【sa nə sã pa bɔ̃】
這個並不好聞。

購物篇

177

13 Demander d'essayer un bijou
要求試戴珠寶

cliente	: Madame, s'il vous plaît. Pourriez-vous me montrer ça ? 【ma dame sil vu plɛ pu rje vu mə mɔ̃ tre sa】
女客人	: 女士，麻煩您！ 您可以給我看看這個嗎？
vendeuse	: Bien sûr. Ce collier est très beau. 【bjɛ̃ sy : r sə kɔ lj : e ɛ trɛ bo】
女店員	: 當然囉。這條項鍊很美。
cliente	: Je peux l'essayer ? 【ʒə pø le se je】
女客人	: 我可以試戴嗎？
vendeuse	: Allez-y, mademoiselle. 【a le zi mad mwa zɛl】
女店員	: 試吧，小姐。

您也可以這樣說！

un bracelet
【œ̃ bras lɛ】
手環

une bague
【yn bag】
戒指

une broche
【yn brɔʃ】
別針

des boucles d'oreilles
【de bukl dɔ rɛj】
耳環

購物篇

14 Demander la matière d'un bijou
詢問珠寶的材質

情境模擬

cliente	: Ce collier est en quelle matière ? 【sə kɔ lj : e ɛ tã kɛl ma tjɛ : r】
女客人	：這條項鍊是哪一種材質做的？

vendeuse	: Il est en or. 【i lɛ tã nɔ : r】
女店員	：它是黃金做的。

cliente	: Il fait combien de carats ? 【il fɛ kɔ̃ bjɛ̃ də ka ra】
女客人	：它是幾K金呢？

vendeuse	: Dix-huit carats. 【di zчit ka ra】
女店員	：十八K金。

您也可以這樣說！

en argent
【ɑ̃ nar ʒɑ̃】
銀製

en jade
【ɑ̃ ʒad】
玉製

en diamant
【ɑ̃ dja mɑ̃】
鑽石做的

de perles
【də pɛrl】
珍珠做的

15 Demander le prix
詢問價格

情境模擬

cliente	: C'est combien ? 【sɛ kõ bjɛ̃】
女客人	: 這多少錢呢？

vendeuse	: Deux cent cinquante euros. 【dø sã sɛ̃ kã tø ro】
女店員	: 二百五十歐元。

cliente	: Oh, c'est trop cher. 【o sɛ tro ʃɛr】
女客人	: 噢，這太貴了。

vendeuse	: Oui, mais il est en or. 【wi mɛ i lɛ tã nɔ : r】
女店員	: 嗯，可是它是金子做的。

cliente	: Non, je ne le prends pas. 【nõ ʒə nə lə prã pa】
女客人	: 不，我不要拿這條。

您也可以這樣說！

Mais c'est le prix.

【mɛ sɛ lə pri】

可是這是市價。

Mais ça, c'est très rare.

【mɛ sa sɛ trɛ rɑ : r】

可是這個東西很稀有。

Mais c'est en série limitée.

【mɛ sɛ tã se ri li mi te】

可是這是限量產品。

Mais c'est la dernière collection.

【mɛ sɛ la dɛr njɛ : r kɔ lɛk sjɔ̃】

可是這是新上市的產品。

購物篇

MP3 74

16 Regarder des vêtements sans acheter
只想看衣服而不想買

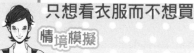
情境模擬

vendeuse	: **Bonjour, madame.** **Je peux vous aider ?** 【bɔ̃ ʒu : r ma dam ʒə pø vu ze de】
女店員	：日安，女士。 我可以為您服務嗎？
cliente	: **Non, merci. Je regarde.** 【nɔ̃ mɛr si ʒə rə gard】
女客人	：不用了，謝謝。我看看。
vendeuse	: **Bien. Si vous avez besoin de moi,** **vous m'appelez.** 【bjɛ̃ si vu za ve bə zwɛ̃ də mwa vu ma pə le】
女店員	：好的。如果您需要我，您喊我一聲。
cliente	: **D'accord, merci.** 【da kɔr mɛr si】
女客人	：好的，謝謝。

您也可以這樣說！

Qu'est-ce que vous cherchez ?
【kɛs kə vu ʃɛr ʃe】
您在找什麼？

Qu'est-ce que vous désirez ?
【kɛs kə vu de zi re】
您想要什麼呢？

Qu'est-ce qui vous intéresse ?
【kɛs ki vu zɛ̃ te rɛs】
什麼東西會讓您感興趣呢？

Est-ce que je peux vous renseigner ?
【ɛs kə ʒə pø vu rɑ̃ sɛ ɲe】
我是否能夠給您些資訊呢？

17 Dire sa taille
說明自己的尺寸

情境模擬

client	: Bonjour, madame. Je voudrais une chemise, s'il vous plaît.【bɔ̃ ʒu : r ma dam ʒə vu drɛ yn ʃə miz sil vu plɛ】
男客人	: 日安，女士。我想要一件襯衫，麻煩您。

vendeuse	: Oui. Vous faites quelle taille ?【wi vu fɛt kɛl ta : j】
女店員	: 好的。您穿幾號？

client	: Je fais du quarante.【ʒə fɛ dy ka rɑ̃t】
男客人	: 我穿四十號。

vendeuse	: Du quarante...oui, je cherche.【dy ka rɑ̃t wi ʒə ʃɛrʃ】
女店員	: 四十號…，好的，我找看看。

您也可以這樣說！

un pantalon
【œ̃ pɑ̃ ta lɔ̃】
長褲

une veste
【yn vɛst】
外套

un chemisier
【œ̃ ʃə mi zje】
女式襯衫

une jupe
【yn ʒyp】
裙子

購物篇

18 Vous trouvez le vêtement trop petit

您覺得衣服太小件

情境模擬

client	: Madame, je peux essayer ce pantalon ? 【ma dam ʒə pø ze se je sə pã ta lɔ̃】
男客人	: 女士，我可以試穿這件長褲嗎？
vendeuse	: Allez-y, monsieur. La cabine est là-bas. 【a le zi mə sjø la ka bin ɛ la ba】
女店員	: 去試吧，先生。 試衣間在那裡。 Alors ça vous va ? 【a lɔr sa vu va】 那麼這件合適您嗎？
client	: C'est trop petit. Vous avez une taille au-dessus ? 【sɛ tro pə ti vu za ve yn ta : j o də sy】
男客人	: 這件太小了。 您有大一號的嗎？
vendeuse	: Bien sûr, voilà ! 【bjɛ̃ sy : r vwa la】
女店員	: 當然囉，這件就是！

((MP3 77

您也可以這樣說！

C'est trop grand.
【sɛ tro grɑ̃】
這太大件了。

C'est trop serré.
【sɛ tro sɛ re】
這太緊了。

C'est trop large.
【sɛ tro larʒ】
這太鬆了。

C'est un peu trop juste.
【sɛ tœ̃ pø tro ʒyst】
這有點太剛好。

189

19 Vous trouvez le vêtement trop grand

您覺得衣服太大件

情境模擬

client	:	Madame, ce pull est trop grand. 【ma dam sə pyl ɛ tro grã】
男客人	:	女士，這件毛線衣太大件了。
		Donnez-moi une taille en-dessous, s'il vous plaît. 【dɔ ne mwa yn tɑ : j ã də su sil vu plɛ】 給我小一號的，麻煩您。

vendeuse	:	Essayez celui-ci ? (...) Ça va mieux ? 【e se je sə lᴴi si sa va mjø】
女店員	:	試這件吧？（…）好多了吧？

client	:	Oui, ça va beaucoup mieux. 【wi sa va bo ku mjø】
男客人	:	是的，好多了。

您也可以這樣說！

C'est trop court.
【sɛ tro kur】
這太短了。

C'est trop long.
【sɛ tro lɔ̃】
這太長了。

C'est trop décolleté.
【sɛ tro de kɔl te】
這太露了。

C'est trop excentrique.
【sɛ tro pek sã trik】
這太古怪了。

20 Demander la matière d'un vêtement

詢問衣服的材質

情境模擬

client	: Excusez-moi, madame. Cette chemise est en quelle matière ? 【ɛks ky ze mwa ma dam sɛt ʃə miz ɛ tɑ̃ kɛl ma tjɛ : r】
男客人	: 對不起，女士。 這件襯衫是什麼材質的？

vendeuse	: Elle est en soie. 【ɛ lɛ tɑ̃ swa】
女店員	: 它是絲質的。

client	: Et celle-ci ? 【e sɛl si】
男客人	: 那這一件呢？

vendeuse	: Elle est en coton. 【ɛ lɛ tɑ̃ kɔ tɔ̃】
女店員	: 它是棉的。

您也可以這樣說！

en laine
【ã lɛn】
毛料製

en lin
【ã lɛ̃】
亞麻製

en velours
【ã və lu : r】
絨布製

en cachemire
【ã kaʃ mi : r】
喀什米爾材質製

21 Demander d'autres modèles
要求看其他的款式

情境模擬

vendeuse	: Vous aimez ce modèle? 【vu ze me sə mɔ dɛl】
女店員	：您喜歡這個款式嗎？

cliente	: Non. Vous en avez d'autres ? 【nɔ̃ vu zɑ̃ na ve do : tr】
女客人	：我不喜歡。您有其他的嗎？

vendeuse	: Bien sûr. J'ai encore celui-ci. Il est très à la mode. 【bjɛ̃ sy : r ʒe ɑ̃ kɔ : r sə lɥi si i lɛ trɛ za la mɔd】
女店員	：當然囉。我還有這種的。 現在很流行。

cliente	: Il n'est pas mal. Je vais l'essayer. 【il nɛ pɑ mal ʒə vɛ le se je】
女客人	：它還不錯。我要試穿看看。

您也可以這樣說！

Vous aimez la couleur ?
【vu ze me la ku lœ : r】
您喜歡這個顏色嗎？

Vous aimez la coupe ?
【vu ze me la kup】
您喜歡這種剪裁嗎？

Vous aimez la matière ?
【vu ze me la ma tjɛ : r】
您喜歡這種材質嗎？

Vous aimez le style ?
【vu ze me lə stjl】
您喜歡這種風格嗎？

22 Demander la couleur d'un vêtement

詢問衣服顏色

情境模擬

cliente	: Bonjour, madame. Je cherche un chemisier. 【bɔ̃ ʒu : r ma dam ʒə ʃɛrʃ œ̃ ʃə mi zje】
女客人	: 日安，女士。 我在找一件襯衫。
vendeuse	: Oui. Comme chemisier, j'ai ce modèle. 【wi kɔm ʃə mi zje ʒe sə mɔ dɛl】
女店員	: 是的。襯衫方面，我有這個款式。
cliente	: Je n'aime pas le noir. Vous avez d'autres couleurs ? 【ʒə nem pɑ lə nwa : r vu za ve do : tr ku lœ : r】
女客人	: 我不喜歡黑色。 您有其他顏色嗎？
vendeuse	: Bien sûr. Il existe aussi en blanc et en rose. 【bjɛ̃ sy : r i lɛg zis to si ɑ̃ blɑ̃ e ɑ̃ ro : z】
女店員	: 當然囉。 它也有白色和粉紅色。

您也可以這樣說！

en rouge
【ã ru : ʒ】

紅色

en jaune
【ã ʒo : n】
黃色

en violet
【ã vjɔ lɛ】

紫色

en beige
【ã bɛ : ʒ】
米色

購物篇

23 Demander le paiement
詢問付款方式

情境模擬

vendeuse	: **Vous voulez essayer autre chose ?** 【vu vu le e se je o : tr ʃo : z】
女店員	: 您想要試穿其他的嗎？
client	: **Non, c'est tout ce que je veux.** 【nõ sε tu sə kə ʒə vφ】
男客人	: 不了，我要的就這件而已。
vendeuse	: **Vous payez comment ?** 【vu pε je kɔ mã】
女店員	: 您要如何付款呢？
client	: **Par carte de crédit** 【par kart də kre di】
男客人	: 刷卡。

您也可以這樣說！

en espèces
【ã nεs pεs】
用現金付

par chèque bancaire
【par ʃεk bã kε : r】
用銀行支票付

par chèque postal
【par ʃεk pos tal】
用郵局支票付

par chèque de voyage
【par ʃεk də vwa jaʒ】
用旅行支票付

第七單元

機場篇

登機前的提醒

　　對許多人而言，搭飛機是件令人焦慮的事。擔心行李超重要罰款，怕排到的座位不好，又擔心入境檢查行李時受到刁難。更不說在飛機上若遇到亂流，或飛行時間拉長，耽誤到轉機的時間，都讓人忐忑不安，一顆心緊張得彷彿要從嘴邊蹦出來。

　　由於受到美國九一一事件影響，全球各地機場對登機前的安全檢查工作十分小心，凡是液體、膏狀的東西、尖銳物品，都不可置於隨身行李，帶入機內。法國機場也是如此。凡是旅客身上有金屬物品，例如手錶、皮帶、手機、筆記型電腦等，都要在經過安全門之前，一一拿出。連腳上的鞋子也要脫掉檢查。建議您在登機前，要先檢查自己身上有沒有這些違禁物品，免得經過安全門時，若警報響起，遭到全身檢查，可會耽誤到登機時間。

通關須知

　　到法國旅遊辦理簽證時，需要有住宿證明。因此在入境時，海關人員會再次檢查這份證明。所以在預訂旅館時，記得要將預約單列印下來，附在護照裡。

建議也帶些歐元現鈔、旅行支票或信用卡在身上，以便證明您是來觀光消費，而不是想來非法打工。至於法國對入境前行李的檢查，並不嚴苛。通常會讓旅客直接出關，不會特別檢查。但是，可不要因此以為他們的安檢做得不夠徹底喔！據說，法國海關人員訓練有素，只要他們看一眼旅客，就可以從他的神情、反應，察覺出來他是否有帶違禁品。因此當您進入法國境內，常常看到海關人員三三兩兩在聊天。但當他抬一下眼皮，有意無意地看您一眼的那剎那間，已經把您上上下下打量清楚了呢！所以也要小心身上不要帶有仿冒品。要是被他們發現您有這些東西，不但會遭到沒收，而且還會被罰錢呢！除了仿冒的手提包、手錶之外，最好也不要帶影片或CD的複製品，免得被查到，惹麻煩。但是如果您想帶一些台灣特產去饋贈親友，如鳳梨酥、茶葉或蜜餞，法國倒是沒有特別的限制，可以安心帶去。如果您想讓朋友嚐嚐台灣的長壽菸，可不要帶超過二百支。若是想讓他們認識台灣酒，酒精濃度低於二十二度，可以帶二公升，若高於二十二度，則只能帶一公升；而且要記得放在託運的行李箱內喔！

禮儀篇

住宿篇

用餐篇

購物篇

機場篇

困擾篇

1 enregistrer les valises
登記行李

情境模擬

voyageur	: Bonjour, madame. Voici mon billet et mon passeport. 【bɔ̃ ʒu：r ma dam vwa si mɔ̃ bjɛ e mɔ̃ pɑs pɔr】
男旅客	：日安，女士。這是我的機票和護照。
hôtesse	: Oui, merci. (...) Vous avez combien de valises ? 【wi mɛr si vu za ve kɔ̃ bjɛ̃ də va liz】
空姐	：是的，謝謝。（…）您有幾件行李？
voyageur	: Une seule. 【yn sœl】
男旅客	：單獨一件。
hôtesse	: Posez-la sur le tapis ! 【po ze la syr lə tapi】
空姐	：將它放在輸送帶上！
	Vingt et un kilos ...ça va, c'est bon. 【vɛ̃ te œ̃ ki lo sa va sɛ bɔ̃】
	二十一公斤…還好，行了。

您也可以這樣說！

un billet d'avion

【ɶ̃ bjɛ da vjɔ̃】

機票

un passeport

【ɶ̃ pas pɔr】

護照

une valise

【yn va liz】

行李箱

un bagage

【ɶ̃ ba gaʒ】

行李（總稱）

2 Quand les valises dépassent le poids limite

當行李箱超重時

 情境模擬

hôtesse	: Monsieur, votre valise est trop lourde. 【mə sjø vɔtr va liz ɛ tro lurd】
空姐	:先生，您的行李過重了。 Vous voulez enlever quelques kilos ou payer le surpoids ? 【vu vu le ãl ve kɛlk ki lo u pɛ je lə syr pwa】 您要拿幾公斤起來或是付超重費用？
voyageur	: C'est combien, si je paye ? 【sɛ kɔ̃ bjɛ̃ si ʒə pɛj】
男旅客	:要多少錢呢，如果我付費的話？
hôtesse	: Cent euros. C'est cinquante euros par kilo. 【sã tø ro sɛ sɛ̃ kã tø ro par ki lo】
空姐	:共一百歐元。五十歐元一公斤。
voyageur	: Oh, c'est cher. J'enlève quelques kilos, alors. 【o sɛ ʃɛr ʒã lɛv kɛlk ki lo a lɔ : r】
男旅客	:噢，好貴。 那麼，我拿幾公斤起來好了。

您也可以這樣說！

enlever quelques kilos
【ɑ̃l ve kɛlk ki lo】
拿幾公斤起來

ajouter quelques kilos
【a ʒu te kɛlk ki lo】
添幾公斤

payer un supplément
【pɛ je œ̃ sy ple mɑ̃】
付差額

payer une amende
【pɛ je y na mɑ̃d】
付罰款

3 Demander l'heure de l'embarquement

問登機時間

情境模擬

hôtesse	: Monsieur, voici votre carte d'embarquement. 【mə sjø vwa si vɔtr kart dã bark mã】
空姐	: 先生，這是您的登機證。
	Votre place est trente-trois C, classe économique. 【vɔtr plas ɛ trɑ̃t trwa se klas e kɔ nɔ mik】
	您的位置是三十三C，經濟艙。
	Vous devez embarquer par la porte A, quinze. 【vu də ve ã bar ke par la pɔrt ɑ kɛ̃z】
	您必須由十五號，A門登機。

voyageur	: Je dois embarquer à quelle heure ? 【ʒə dwa ã bar ke a kɛ lœ : r】
男旅客	: 我必須要幾點登機？

hôtesse	: À sept heures dix, une demi-heure avant le départ. 【a sɛ tœ : r dis yn də mi œ : r a vã lə de par】
空姐	: 七點十分，起飛前半小時。

您也可以這樣說！

une carte d'embarquement

【yn kart dã bark mã】

登機證

une carte de débarquement

【yn kart də de bark mã】

入境卡

une déclaration en douane

【yn de kla ra sjõ ã du an】

海關報單

les marchandises exemptées de douane

【le mar ʃã diz ɛg zã te də du an】

免稅貨品

4 Demander à boire à l'hôtesse de l'air

跟空姐要飲料

情境模擬

（dans l'avion 在飛機上）

voyageur : Pardon, madame.
Je peux avoir un verre d'eau ?
【par dɔ̃ ma dam
ʒə pφ a vwar œ̃ vɛr do】

男旅客 ：抱歉，女士。
我可以有杯水嗎？

---

hôtesse : Bien sûr. Avec ou sans glaçons ?
【bjɛ̃ syr a vɛk u sɑ̃ gla sɔ̃】

空姐 ：當然。要或不要冰塊？

---

voyageur : Sans glaçons.
【sɑ̃ gla sɔ̃】

男旅客 ：不要冰塊。

---

hôtesse : Je vous l'apporte tout de suite.
【ʒə vu la port tu də sɥit】

空姐 ：我馬上幫您拿來。

---

voyageur : Merci.
【mɛr si】

男旅客 ：謝謝。

您也可以這樣說！

Je peux avoir un drap ?

【ʒə pφ a vwar œ̃ dra】

我可以有張毯子嗎？

Je peux avoir un coussin ?

【ʒə pφ a vwar œ̃ ku sɛ̃】

我可以有個靠墊嗎？

Je peux avoir une aspirine ?

【ʒə pφ a vwar y nas pi rin】

我可以有顆阿斯匹靈嗎？

Je peux avoir des cartes à jouer ?

【ʒə pφ a vwar de kar ta ʒu e】

我可以有副撲克牌嗎？

Choisir un plat (1)

5 點餐（1）

（dans l'avion 在飛機上）

hôtesse : Monsieur, qu'est-ce que vous voulez pour le repas?
【mə sjø kɛs kə vu vu le pur lə rə pa】

空姐 ：先生，您想要什麼做為餐點呢？

Du boeuf ou du poisson ?
【dy bœf u dy pwa sɔ̃】

牛肉或魚肉？

voyageur : Mais je suis végétalien !
【mɛ ʒə sɥi ve ʒe ta ljɛ̃】

男旅客 ：可是我是素食者！

hôtesse : Ah, d'accord. Attendez, je vous apporte votre plat tout de suite.
【ɑ da kɔr a tɑ̃ de ʒə vu za port vɔtr pla tu də sɥit】

空姐 ：啊，好的。
請稍等，我馬上將您的餐點拿來。

voyageur : Merci.
【mɛr si】

男旅客 ：謝謝。

MP3 87

您也可以這樣說！

Je suis végétalien./Je suis végétalienne.
【ʒə sɥi ve ʒe ta ljɛ̃/ʒə sɥi ve ʒe ta ljɛn】
我是吃純素者。（男）/ 我是吃純素者。（女）

Je suis végétarien./Je suis végétarienne.
【ʒə sɥi ve ʒe ta rjɛ̃/ʒə sɥi ve ʒe ta rjɛn】
我是不吃肉但吃蛋的素食者。（男）
我是不吃肉但吃蛋的素食者。（女）

Je ne mange pas de porc.
【ʒə nə mɑ̃ʒ pɑ də pɔr】
我不吃豬肉。

Je ne mange pas de boeuf.
【ʒə nə mɑ̃ʒ pɑ də bœf】
我不吃牛肉。

機場篇

213

Choisir un plat (2)

6 點餐 (2)

（dans l'avion 在飛機上）

hôtesse	: **Monsieur, qu'est-ce que je vous sers ? Du boeuf ou du poisson ?**【mə sjø kɛs kə ʒə vu sɛr dy bœf u dy pwa sɔ̃】
空姐	：先生，我幫您上什麼菜？牛肉或魚肉？

voyageur	: **Du poisson, s'il vous plaît.**【dy pwa sɔ̃ sil vu plɛ】
男旅客	：魚肉，麻煩您。

hôtesse	: **Et comme boisson ?**【e kɔm bwa sɔ̃】
空姐	：那飲料呢？

voyageur	: **Du vin blanc, s'il vous plaît.**【dy vɛ̃ blɑ̃ sil vu plɛ】
男旅客	：白酒，麻煩您。

hôtesse	: **Bien, voilà. Bon appétit !**【bjɛ̃ vwa la la bɔ̃ na pe ti】
空姐	：好的，這就是。祝您好胃口！

您也可以這樣說！

Je voudrais du porc.
【ʒə vu drɛ dy pɔr】
我要豬肉。

Je voudrais des saucisses.
【ʒə vu drɛ de so sis】
我要香腸。

Je voudrais une bière.
【ʒə vu drɛ yn bjɛr】
我要啤酒。

Je voudrais du vin rouge.
【ʒə vu drɛ dy vɛ̃ ruʒ】
我要紅酒。

7 Dire au douanier d'où on vient

告訴海關人員自己來自何處

voyageuse	: Bonjour, voici mon passeport et ma carte d'embarquement. 【bɔ̃ ʒuːr vwa si mɔ̃ pas pɔr e ma kart dɑ̃ bark mɑ̃】
女旅客	: 日安，這是我的護照和登機證。
douanier	: Oui. (...) Vous venez de Taïwan ? 【wi vu və ne də tai wan】
海關人員	: 是的。（…）您來自台灣？
voyageuse	: Oui, c'est ça. 【wi sɛ sa】
女旅客	: 是的，是這樣沒錯。
douanier	: Oui, c'est bon. Vous pouvez passer. 【wi sɛ bɔ̃ vu pu ve pɑ se】
海關人員	: 好的，行了。您可以過去了。
voyageuse	: Merci. Au revoir. 【mɛr si o rə vwar】
女旅客	: 謝謝。再見。

您也可以這樣說！

Vous venez d'où ?
【vu və ne du】
您來自哪裡？

Je viens de Taïpei, Taïwan.
【ʒə vjɛ̃ də tai pɛ tai wan】
我來自台北，台灣。

Je suis taïwanais.
【ʒə sɥi tai wa nɛ】
我是台灣男生。

Je suis taïwanaise.
【ʒə sɥi tai wa nɛz】
我是台灣女生。

機場篇

8 À la douane
在海關

douanier	: Mademoiselle, je peux regarder votre valise, s'il vous plaît. 【mad mwa zɛl ʒə pφ rə gar de vɔtr va liz sil vu plɛ】
海關人員	：小姐，麻煩您讓我看您的行李。

voyageuse	: Oui, bien sûr. 【wi bjɛ̃ syr】
女旅客	：是的，當然。

douanier	: Vous avez des choses à déclarer ? 【vu za ve de ʃo : z a de kla re】
海關人員	：您有東西要申報嗎？

voyageuse	: Non, rien. 【nɔ̃ rjɛ̃】
女旅客	：沒有，一樣也沒有。

douanier	: C'est bon. Vous pouvez passer. 【sɛ bɔ̃ vu pu ve pɑ se】
海關人員	：行了。您可以過去了。

您也可以這樣說！

déclarer un objet

【de kla re ɑ̃ nɔb ʒɛ】

申報一項物品

déclarer de l'alcool

【de kla re də lal kɔl】

申報含酒精飲料

déclarer du tabac

【de kla re dy ta ba】

申報香菸

déclarer du parfum

【de kla re dy par fœ̃】

申報香水

9 Dire au douanier ce qu'on a dans la valise

告訴海關人員行李裡的東西

| douanier | : Madame, qu'est-ce que c'est, ce paquet ?
【ma dam kɛs kə sɛ sə pa kɛ】 |
| 海關人員 | : 女士，這是什麼，這一包東西？ |

| voyageuse | : C'est du thé.
【sɛ dy te】 |
| 女旅客 | : 這是茶葉。 |

| douanier | : Vous n'avez pas d'alcool ou de tabac à déclarer ?
【vu na ve pɑ dal kɔl u də ta ba a de kla re】 |
| 海關人員 | : 您沒有酒或香菸要申報嗎？ |

| voyageuse | : Non, non.
【nɔ̃ nɔ̃】 |
| 女旅客 | : 沒有，沒有。 |

| douanier | : Bon, ça va. Vous pouvez fermer votre valise.
【bɔ̃ sa va vu pu ve fɛr me vɔtr va liz】 |
| 海關人員 | : 好，可以了。
您可以將您的行李箱關起來了。 |

您也可以這樣說！

Ce sont des gâteaux.
【sə sɔ̃ de ga to】
這是蛋糕。

Ce sont des biscuits.
【sə sɔ̃ de bis kɥi】
這是餅乾。

Ce sont des fruits confits.
【sə sɔ̃ de frɥi kɔ̃ fi】
這是蜜餞。

Ce sont des nouilles instantanées.
【sə sɔ̃ de nuj zɛ̃s tɑ̃ ta ne】
這是泡麵。

10 Demander où se trouvent les chariots

問哪裡可以找到推車

---

voyageuse	: Pardon, monsieur. Où se trouvent les chariots, s'il vous plaît ? 【par dɔ̃ mə sjø u sə truv le ʃa rjo sil vu plɛ】
女旅客	: 抱歉，先生。 請問哪裡有推車呢？

---

voyageuse	: C'est là-bas. 【sɛ la bɑ】
男旅客	: 那裡。

---

voyageuse	: Ah, je vois. Merci 【ɑ ʒə vwa mɛr si】
女旅客	: 啊，我看到了。謝謝。

---

voyageur	: De rien. 【də rjɛ̃】
男旅客	: 這沒什麼。

您也可以這樣說！

Où se trouvent les bagages,
s'il vous plaît ?

【u sə truv le ba gaʒ sil vu plɛ】

請問行李放在哪裡？

Où se trouvent les toilettes,
s'il vous plaît ?

【u sə truv le twa lɛt sil vu plɛ】

請問洗手間在哪裡？

Où se trouve la banque,
s'il vous plaît ?

【u sə truv la bɑ̃k sil vu plɛ】

請問銀行在哪裡？

Où se trouve la station
de métro, s'il vous plaît ?

【u sə truv la sta sjɔ̃ də me tro sil vu plɛ】

請問地鐵站在哪裡？

11 Demander le taux de change
詢問匯率

情境模擬

voyageur	: Pardon, madame. Un dollar contre un euro, c'est combien ?
	【par dɔ̃ ma dam œ̃ dɔ la : r kɔ̃tr œ̃ nɸ ro sɛ kɔ̃ bjɛ̃】
男旅客	: 抱歉，女士。
	一塊美金對一塊歐元，是多少？
employée	: Aujourd'hui, un dollar égale un euro vingt.
	【o ʒur dɥi œ̃ dɔ la : r e gal œ̃ nɸ ro vɛ̃】
女職員	: 今天，一塊美金對一塊歐元二十分錢。
voyageur	: Je voudrais changer cent dollars en euros, s'il vous plaît.
	【ʒə vu drɛ ʃɑ̃ ʒe sɑ̃ dɔ la : r ɑ̃ nɸ ro sil vu plɛ】
男旅客	: 我想要把一百美金換成歐元，麻煩您。
employée	: Bien. Votre passeport, s'il vous plaît.
	【bjɛ̃ vɔtr pas pɔr sil vu plɛ】
女職員	: 好的。您的護照，麻煩您。
voyageur	: Voilà mon passeport.
	【vwa la mɔ̃ pas pɔr】
男旅客	: 這就是我的護照。

您也可以這樣說！

Je voudrais changer cent cinquante dollars en euros.

【ʒə vu drɛ ʃã ʒe sã sɛ̃ kãt dɔ la : r ã nɸ ro】

我想要把一百五十美金換成歐元。

Je voudrais changer deux cents dollars en euros.

【ʒə vu drɛ ʃã ʒe dɸ sã dɔ la : r ã nɸ ro】

我想要把二百美金換成歐元。

Je voudrais changer mon chèque de voyage en euros.

【ʒə vu drɛ ʃã ʒe mõ ʃɛk də vwa jaʒ ã nɸ ro】

我想要將我的旅行支票換成歐元。

Je voudrais changer vingt euros de billet en monnaie.

【ʒə vu drɛ ʃã ʒe vɛ̃ tɸ ro də bjɛ ã mɔ nɛ】

我想要將二十歐元換成零錢。

12 Demander les moyens de transport

詢問交通工具

（ dans le hall de l'aéroport 在機場大廳 ）

voyageuse : Pardon, madame.
Pour aller à Paris,
il y a un métro ou un bus ?
【 par dɔ̃ ma dam pur a le ɑ pa ri
i li a ɶ me tro u ɶ bys 】

男旅客 ：抱歉，女士。去巴黎市，有地鐵或公車嗎？

voyageuse : Bien sûr. Dans le sous-sol,
il y a une station de métro.
【 bjɛ̃ syr dɑ̃ lə su sɔl
i li a yn sta sjɔ̃ də me tro 】

女旅客 ：當然。在地下樓層，有地鐵站。

Si vous prenez le bus,
il y a des arrêts dehors.
【 si vu prə ne lə bys i li a de za rɛ də ɔr 】

如果您要搭公車，外頭有站牌。

voyageur : Quel est le plus pratique ?
【 kɛ lɛ lə ply pra tik 】

男旅客 ：哪一種最方便？

voyageuse : Je pense que c'est le métro.
【 ʒə pɑ̃s kə sɛ lə me tro 】

女旅客 ：我想是地鐵。

226

 您也可以這樣說！

Quel est le plus rapide ?
【kɛ lɛ lə ply ra pid】
哪一種最快？

Quel est le plus économique ?
【kɛ lɛ lə ply ze kɔ nɔ mik】
哪一種最經濟？

Quel est le plus agréable ?
【kɛ lɛ lə ply za gre abl】
哪一種最愜意？

Quel est le plus confortable ?
【kɛ lɛ lə ply kɔ̃ fɔr tabl】
哪一種最舒適？

227

第八單元

困擾篇

有小意外時，該向誰求救？

在國外旅遊，最怕的是遺失護照和錢包。如果發生這種情況，要記得馬上去派出所（電話號碼17）申報，填寫遺失或被竊表格，並儘快連絡台灣駐法辦事處，請求補發證件。此外，出國打包行李前，最好可以帶些常用藥品，如頭痛藥、感冒藥或胃腸藥。面對美景、美食，萬一身體不適，無心盡情欣賞、享用，可是很掃興的喔！萬一受傷，需要急救，最好請路人打電話給消防隊員（電話號碼18）。在法國，除了火災外，遇到任何的意外事故也都會先打電話給消防隊員。他們到場之後，若判定情況危急，會請求「緊急急救中心」，稱為SAMU（電話號碼15），前來援助。

遇到這些人，請和他們保持距離

若在風景區要請求旁人幫忙照相，最好不要找單身一人的。免得他拿了您的相機後，拔腿就跑。走在巴黎鬧區、地鐵站，要小心來自東歐「Rom」民族，十二到十五歲的少年。他們通常會二人一組，尾隨在觀光客之後，並假裝在看地圖，減少旁人的防備心。

當您一不注意，他們就會用小刀劃破您的背包，取走裡面的錢財。動作之迅速，令人難以想像他們小小年紀，手法竟如此熟練。其實出國旅遊，最好不要背背包，容易成為扒手的目標。另外，也要小心某些兜售「幸運手環」的小販，他們會選定看起來較柔弱的人，將她包圍起來，強行兜售。這時千萬不要害怕，只要用力把他們推開，走到人群較多的地方或大聲叫嚷。他們自會散去，另尋目標。有時在路上，也會遇到有人過來跟您要香菸或一歐元，您可以直接拒絕或是裝作聽不懂，讓他知難而退。到了浪漫的法國，遇到路人上前搭訕，是時有的事，尤其當您是獨自一人時。通常他們會先問您是否會說法文，或者先稱讚您的外觀，接下來會跟您閒聊幾句，問您來自何地、來法國的目的等問題，再來就會開口邀您去喝杯咖啡。想不想接受這個邀請，視您個人意願而定。但是喝完咖啡後，說不定他還會有其他的提議呢！最好要先有心理準備。人在國外旅遊，自然要有一顆開放的心，接受包容和我們母文化差異之處，但是維護自身的安全也很重要喔！

困擾篇

1 Quand vous avez perdu vos affaires

當您遺失私人物品時

情境模擬

（dans le commissariat de police 在派出所）

touriste	: Pardon, monsieur. J'ai perdu mon sac. 【par dɔ̃ mə sjø ʒe pɛr dy mɔ̃ sak】
觀光客	：抱歉，先生。我把我的皮包弄丟了。

commissaire	: Qu'est-ce qu'il y a dans votre sac ? 【kɛs ki li a dɑ̃ vɔtr sak】
警員	：您的皮包裡面有什麼東西呢？

touriste	: Il y a mon passeport et mon portefeuille. 【i li a mɔ̃ pɑs pɔr e mɔ̃ pɔrt fœj】
觀光客	：有我的護照和皮夾。

commissaire	: Vous devez faire une déclaration de perte. 【vu də ve fɛr yn de kla ra sjɔ̃ də pɛrt】
警員	：您必須要做一個遺失聲明。 Remplissez ce formulaire, s'il vous plaît. 【rɑ̃ pli se sə fɔr my lɛr sil vu plɛ】 填寫這張表格，麻煩您。

您也可以這樣說！

un téléphone portable.
【œ̃ te le fɔn pɔr tabl】
手機

un appareil-photo
【œ̃ na pa rɛj fɔ to】
照相機

des tickets de métro
【de ti kɛ də me tro】
地鐵票

de l'argent
【də lar ʒɑ̃】
錢

2 Quand on vous a volé des affaires

當您的私人物品被偷時

情境模擬

（dans le commissariat de police 在派出所）

touriste	: Pardon, monsieur.
	On a volé mon appareil-photo.
	【par dɔ̃ mə sjø
	ɔ̃ na vo le mɔ̃ na pa rɛj fɔ to】
觀光客	：抱歉，先生。有人偷了我的照相機。

---

commissaire	: Où et quand ça s'est passé ?
	【u e kɑ̃ sa sɛ pɑ se】
警員	：這件事發生於何地、何時呢？

---

touriste	: Devant la tour Eiffel, ce matin,
	vers onze heures.
	【də vɑ̃ la tur ɛ fɛl sə ma tɛ̃ vɛr ɔ̃ zœ : r】
觀光客	：在艾菲爾鐵塔前，今天早上，約十一點時。
	Qu'est-ce que je dois faire,
	monsieur ?
	【kɛs kə ʒə dwa fɛr mə sjø】
	我該怎麼做呢，先生？

---

commissaire	: Vous devez remplir une
	déclaration de vol.
	【vu də ve rã plir yn de kla ra sjɔ̃ də vɔl】
警員	：您應該要填寫一張被竊聲明表。

您也可以這樣說！

On a volé mon passeport.
【ɔ̃ na vɔ le mɔ̃ pas pɔr】
有人偷了我的護照。

On a volé mon appareil-photo.
【ɔ̃ na vɔ le mɔ̃ na pa rɛj fɔ to】
有人偷了我的照相機。

On a volé mon sac.
【ɔ̃ na vɔ le mɔ̃ sak】
有人偷了我的皮包。

On a volé mon portefeuille.
【ɔ̃ na vɔ le mɔ̃ pɔrt fœj】
有人偷了我的皮夾。

3 Demander un service
要求幫忙

情境模擬

---

touriste : Pardon, monsieur. Pourriez-vous faire une photo pour moi ?
【par dɔ̃ mə sjø pu rje vu fɛr yn fɔ to pur mwa】

觀光客 ： 抱歉，先生。您可以幫我拍張照嗎？

---

passant : Oui, bien sûr. J'appuie où ?
【wi bjɛ̃ syr ʒa pɥi u】

男路人 ： 是的，當然。我按哪裡呢？

---

touriste : Vous appuyez sur ce bouton.
【vu za py je syr sə bu tɔ̃】

觀光客 ： 您按這個按鈕。

---

passant : D'accord, je comprends. (...) Souriez ! Voilà !
【da kɔr ʒə kɔ̃ prã su rje vwa la】

男路人 ： 好的，我懂了。（…）請微笑！成了！

---

touriste : Merci beaucoup, monsieur.
【mɛr si bo ku mə sjø】

觀光客 ： 多謝您，先生。

您也可以這樣說！

Pourriez-vous me dire l'heure ?
【pu rje vu mə dir lœ : r】
您可以告訴我時間嗎？

Pourriez-vous garder mes af-faires un petit moment ?
【pu rje vu gar de me za fɛr œ̃ pə ti mɔ mã】
您可以幫我看管一下子我的東西嗎？

Pourriez-vous m'aider à monter mes valises ?
【pu rje vu me de a mɔ̃ te me va liz】
您可以幫我把行李箱放上去嗎？

Pourriez-vous m'aider à descendre mes valises ?
【pu rje vu me de a dɛ sã : dr me va liz】
您可以幫我把行李箱拿下來嗎？

237

4 Demander du secours
求救

情境模擬

---

touriste : **Pardon, monsieur. Pourriez-vous téléphoner au pompier ?**
【par dɔ̃ mə sjø pu rje vu te le fɔ ne o pɔ̃ pje】

觀光客 : 抱歉，先生。您可以幫我打電話給消防隊嗎？

Je ne peux plus bouger.
【ʒə nə pø ply bu ʒe】
我沒辦法動了。

---

passant : **Ne vous inquiétez pas, je téléphone tout de suite.**
【nə vu zɛ̃ kje te pɑ ʒə te le fɔn tu də sɥit】

男路人 : 您別擔心，我馬上打電話。

---

touriste : **Merci, c'est gentil.**
【mɛr si sɛ ʒɑ̃ ti】

觀光客 : 謝謝，這很窩心。

您也可以這樣說！

Je suis tombé(e).
【ʒə sɥi tɔ̃ be】
我跌倒了。

J'ai une fracture.
【ʒe yn frak tyr】
我骨折了。

J'ai un malaise.
【ʒe œ̃ ma lɛz】
我人不舒服。

Je ne me sens pas bien.
【ʒə nə mə sɑ̃ pa bjɛ̃】
我覺得不太舒服。

困擾篇

239

5 À la pharmacie
在藥房

touriste	: Bonjour, madame. J'ai mal à la tête. 【bɔ̃ ʒu : r ma dam ʒe ma la la tɛt】
觀光客	: 日安，女士。 我頭痛。
	Pourriez-vous me donner quelque chose pour calmer la douleur ? 【pu rje vu mə dɔ ne kɛlk ʃo : z pur kal me la du lœ : r】 您可以給我什麼東西來治療我的疼痛呢？

pharmacienne	: Je peux vous donner de l'aspirine. 【ʒə pø vu dɔ ne də las pi rin】
女藥師	: 我可以給您阿斯匹靈。
	Mais si vous avez encore mal, il faut aller voir le médecin. 【mɛ si vu za ve zã kɔ : r mal il fo ta le vwar lə me də sɛ̃】 可是如果您還痛的話，必須要去看醫生。

touriste	: Oui, bien sûr. 【wi bjɛ̃ syr】
觀光客	: 是的，當然。

您也可以這樣說！

J'ai mal au ventre.

【ʒe ma lo vɑ̃tr】

我肚子痛。

J'ai de la fièvre.

【ʒe də la fjɛ : vr】

我發燒。

J'ai une gastro.

【ʒe yn gas tro】

我拉肚子。

J'ai une angine.

【ʒe y nɑ̃ ʒin】

我咽喉發炎。

6 Quand on ne vous rend pas assez de monnaie

當找錯您零錢時

情境模擬

touriste	: Pardon, monsieur. Vous vous trompez de prix. 【par dɔ̃ mə sjø vu vu trɔ̃ pe də pri】
觀光客	：抱歉，先生。您弄錯價錢了。
	Une carte postale, c'est cinquante centimes, non ? 【yn kart pɔs tal sɛ sɛ̃ kɑ̃t sɑ̃ tim nɔ̃】
	一張明信片，是五十分錢，不是嗎？

buraliste	: Oui, c'est ça. 【wi sɛ sa】
菸草店老闆	：是的，是這樣沒錯。

touriste	: Je vous avais donné un euro, vous ne m'avez rendu que quarante centimes. 【ʒə vu za vɛ dɔ ne œ̃ nø ro vu nə ma ve rɑ̃ dy kə ka rɑ̃t sɑ̃ tim】
觀光客	：我給您一歐元，您只有找我四十分錢。

buraliste	: Ah bon, excusez-moi, mademoiselle. Voilà dix centimes. 【ɑ bɔ̃ ɛks ky ze mwa mad mwa zɛl vwa la la di sɑ̃ tim】
菸草店老闆	：啊，是嗎，對不起，小姐。這是十分錢。

您也可以這樣說！

Vous vous trompez de monnaie.
【vu vu trɔ̃ pe də mɔ nɛ】
您弄錯零錢了。

Vous vous trompez de plat.
【vu vu trɔ̃ pe də pla】
您上錯菜了。

Vous vous trompez de personne.
【vu vu trɔ̃ pe də pɛr sɔn】
您認錯人了。

Vous vous trompez de valise.
【vu vu trɔ̃ pe də va liz】
您認錯行李箱。

困擾篇

7 Quand on vous demande une cigarette

當有人向您要香菸時

| un passant | : Pardon, mademoiselle. Vous avez une cigarette ?【par dɔ̃ mad mwa zɛl vu za ve yn si ga rɛt】 |
| 男路人 | ：抱歉，小姐。您有根香菸嗎？ |

| touriste | : Non, je ne fume pas.【nɔ̃ ʒə nə fym pɑ】 |
| 觀光客 | ：沒有，我不抽菸。 |

| un passant | : Et vous n'avez pas un euro, par hasard ?【e vu na ve pɑ zœ̃ nø ro par a zar】 |
| 男路人 | ：那您有沒有剛好有一歐元呢？ |

| touriste | : Non plus.【nɔ̃ ply】 |
| 觀光客 | ：也沒有。 |

您也可以這樣說！

Vous avez du feu ?
【vu za ve dy fø】
您有火嗎？

Vous avez l'heure ?
【vu za ve lœ : r】
您知道時間嗎？

Vous avez un plan de Paris ?
【vu za ve œ̃ plã də pa ri】
您有巴黎市地圖嗎？

Vous avez un plan de métro ?
【vu za ve œ̃ plã də me tro】
您有地鐵地圖嗎？

245

8 Quand on essaie de vous draguer

當有人跟您搭訕

| un homme | : Mademoiselle, vous voulez prendre un café avec moi ?
【mad mwa zɛl vu vu le prɑ̃ : dr õ ka fe a vɛk mwa】 |
| 某男士 | : 小姐，您要跟我喝杯咖啡嗎？ |

| touriste | : Non, merci.
【nɔ̃ mɛr si】 |
| 觀光客 | : 不要，謝謝。 |

| un homme | : Mais allons-y !
【mɛ a lɔ̃ zi】 |
| 某男士 | : 來吧！ |

| touriste | : Non, merci.
Ça ne m'intéresse pas.
【nɔ̃ mɛr si sa nə mɛ̃ te rɛs pɑ】 |
| 觀光客 | : 不要，謝謝。
我沒興趣。 |

您也可以這樣說！

J'attends quelqu'un.
【ʒa tã kɛl kœ̃】
我在等人。

Je ne suis pas seule.
【ʒə nə sɥi pa sœl】
我不是一個人喔。

Je ne suis pas libre.
【ʒə nə sɥi pa libr】
我沒空。

Je n'ai pas le temps.
【ʒə ne pa lə tã】
我沒時間。

247

9 Quand on essaie de vous vendre quelque chose dans la rue

當在路上有人跟您兜售物品

情境模擬

marchand	: Mademoiselle, vous voulez un joli bracelet ? 【mad mwa zɛl vu vu le ɶ ʒɔ li bras lɛ】
小販	: 小姐，您想要一個漂亮的手鐲嗎？

touriste	: Non, merci. Je ne veux pas. 【nɔ̃ mɛr si ʒə ne vø pɑ】
觀光客	: 不了，謝謝。我不要。

marchand	: Mais ça vous portera bonheur ! 【mɛ sa vu port ra bɔ nœ : r】
小販	: 可是這可以帶來幸福喔！

touriste	: Non, ça ne m'intéresse pas. 【nɔ̃ sa nə mɛ̃ te rɛs pɑ】
觀光客	: 不了，我沒興趣。

您也可以這樣說！

Je n'en ai pas besoin.
【ʒə nã ne pa bə zwɛ̃】
我不需要。

Je n'ai pas d'argent.
【ʒə ne pa dar ʒã】
我沒錢。

Ça ne me dit rien.
【sa nə mə di rjɛ̃】
這不吸引我。

Je m'en fiche !
【ʒə mã fiʃ】
我不在乎！

10 Quand on continue de vous harceler

當有人繼續糾纏您

情境模擬

touriste	: Mais qu'est-ce que vous voulez ? 【mε kεs kə vu vu le】
觀光客	: 您究竟要幹嘛？

marchand	: Prenez quelque chose ! 【prə ne kεlk ʃo : z】
小販	: 拿樣東西嘛！

touriste	: Mais laissez-moi tranquille ! 【mε lε se mwa trã kil】
觀光客	: 不要再打擾我了！
	Sinon, j'appelle la police. 【si nɔ̃ ʒa pεl la pɔ lis】
	否則，我要叫警察了。

您也可以這樣說！

Laissez-moi passer !
【lɛ se mwa pɑ se】
讓我過去！

Laissez-moi partir !
【lɛ se mwa par tir】
讓我離開！

À l'aide !
【a lɛd】
有人幫幫我嗎！

Au secours !
【o sə kur】
救命啊！

國家圖書館出版品預行編目資料

快樂攜帶版！絕對實用旅遊法語 / 符雯珊著

--初版--臺北市：瑞蘭國際，2009.11

256面；10.4 x 16.2公分 --（隨身外語系列；07）

ISBN：978-986-6567-30-8（平裝附光碟片）

1.法語 2.讀本

804.158　　　　　　　　　　　　　　98016235

快樂攜帶版！　隨身外語系列 07

絕對實用

旅遊法語

作者｜符雯珊・責任編輯｜呂依臻、王愿琦、こんどうともこ

法語錄音｜Eddy LOUVIER、Isabelle FRIEDRICH・中文錄音｜符雯珊

錄音室｜不凡數位錄音室・版型、封面設計｜張芝瑜・內文排版｜張芝瑜

美術插畫｜迪普西・校對｜符雯珊、呂依臻、王愿琦、こんどうともこ

董事長｜張暖彗・社長｜王愿琦・總編輯｜こんどうともこ・主編｜呂依臻

編輯｜葉仲芸・美術編輯｜張芝瑜・企畫部主任｜王彥萍・網路行銷、客服｜楊米琪

出版社｜瑞蘭國際有限公司・地址｜台北市大安區安和路一段104號7樓之1

電話｜(02)2700-4625・傳真｜(02)2700-4622・訂購專線｜(02)2700-4625

劃撥帳號｜19914152 瑞蘭國際有限公司

總經銷｜聯合發行股份有限公司・電話｜(02)2917-8022、2917-8042

傳真｜(02)2915-6275、2915-7212・印刷｜宗祐印刷有限公司

出版日期｜2009年11月初版1刷・定價｜249元・ISBN｜9789866567308

　　　　　　2011年07月二版1刷

瑞蘭國際